LOCUS

LOCUS

LOCUS

LOCUS

catch

catch your eyes；catch your heart；catch your mind……

catch 70 不良品

作者：BO2

責任編輯：韓秀玫

美術編輯：謝富智

手寫字贊助：大君＋May

法律顧問：全理法律事務所董安丹律師

出版者：大塊文化出版股份有限公司

台北市105南京東路四段25號11樓

www.locuspublishing.com

讀者服務專線：0800-006689

TEL：(02) 87123898　FAX：(02) 87123897

郵撥帳號：18955675　戶名：大塊文化出版股份有限公司

總經銷：大和書報圖書股份有限公司

地址：台北縣三重市大智路139號

TEL：(02) 29818089 (代表號)

FAX：(02) 29883028　29813049

製版：瑞豐實業股份有限公司

初版一刷：2004年3月

定價：新台幣180 元

ISBN986-7600-39-8

Printed in Taiwan

不良品

貳零零肆年參月

802
圖文

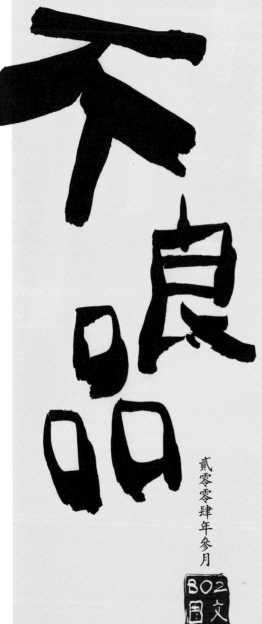

目錄
鄰居 006
難忘急診室（趴萬） 009
難忘診療室（趴兔） 012
法術 018
到底誰的大 023
車掌及司機 028
特別的腳 034
計劃 041
B爸 047
神乎其技 051
偶像 056
筆友 058
狀況外 064
後遺症 068

神經大條 076
人緣 07
我愛馬桶 080
偷吃 083
動物園 086
小偷 089
一段充滿智仁勇的回憶 092
毛秀琴的情人 097
一把小口琴 101
演員 104
伴唱機 108
恨便當 111
腳踏車 116
意外收獲 122

不良品之

前一陣子看過一篇挺無聊的網路文章，裡面有一段是這麼寫著：「我買了吹氣芭比，但還是離不開你豐滿的肉體。我裝了無線寬頻，卻仍舊忘不了那些三姑六婆的老鄰居……」坦白說，我覺得這位作者瘋了，你愛吹氣娃娃還是活生生的馬子我管不著，但是你怎麼還能對左鄰右舍殘留著上一代那種敦親睦鄰的老式感情咧？難道你不知道這個社會已經變了嗎？拜託～生命中有鄰居是多麼恐怖的一件事呀！

別的不講，光是噪音，就夠讓你搥壁了。大家都知道公寓的隔音很差，不要說是喧嘩，就連放屁稍微大聲，都有可能擾人清夢，所以，只要有點公德心的人，都會夾緊屁眼、謹言慎行。但是很奇怪，偏偏就是有些惡鄰喜歡在不同的時段製造不同的噪音來找罵挨。像住我家樓上的阿耍就是（阿耍就是台語發音的「阿雪」啦！），這個超愛唱歌的女人總愛在夜晚把音響開到破音，然後用台灣國語跟著吼：「快使用雙節棍，赫赫哈喝一，偶用手刀黃禦，赫赫哈喝一……」這種爆裂般的摧魂魔音，持續了約一個月，整棟大樓的住戶們都快被轟到精神崩潰。受不了她跟周杰倫合唱的鄰居們，在開住戶大會時要求里長伯出面制止，甚至找警察來取締，都無效！結果是住在她對門那位罹患躁鬱症末期的歐巴桑，按了她家門鈴後，二話不說掏出單節的小木棍，狠狠地把阿耍毒打一頓才解除了這恐怖的噩夢。這位歐巴桑下手到底有多重？聽說當時從棍尖發出的那股力道柔中帶剛，連阿耍每天掛在嘴上的「手刀」

都無法發揮應有的防禦功能，兩條手臂的骨頭都快被打斷了。這位歐巴桑後來並沒有被警察抓去關，嘿！歐巴桑怎麼會被關，是阿耍自己叫別人快使用雙節棍的呀！這可是一堆人都可以做證的喔！

愛串門子的鄰居也很讓人感冒，我家樓下住著一位做保險的過氣明星老朱，老朱在白天是絕對不會來按門鈴，但只要太陽下了山，尤其當我在蹲廁所，或是半夜正好在房裡做愛做的事情時，這討人厭的傢伙就會出現。我這個人脾氣不大，做人也算隨和，但是，長期便祕好不容易開始蹲廁所，卻必須爲了他的造訪半途而廢，你想我會不會氣到搥牆壁！而且深夜登門拜訪能不能有點重要的事情呀？例如家裡失火或老婆生了隻狼狗之類的？可惡！每次都是借根蔥、抓點鹽、A幾包衛生紙。拜託，沒事半夜三點借蔥要幹麼？拿來上吊嗎？還有借衛生紙也是，不會學學印度人嗎？爲什麼不去按別家的門鈴呢？我跟你又不是同一個娘生的，搞得我都快瘋了，眞是受不了這些不識相的鄰居……

生、老、病、死是人生必經的四個階段，而等電梯、進電梯、按電梯、出電梯則是到我家的四個必經過程，這其中的任何一個環節出了問題我都無法順利歸巢，所以可想而知電梯這玩意兒對我有多重要了！但是，但是我住的這棟大樓就偏偏有惡劣的鄰居喜歡沒事亂按電梯，不不不，我說的不是那種把樓層按鈕整排全都按的猴孩子，而是開口閉口都說英文的大人喔！如果沒記錯，這個滿口洋文的傢伙，他的職業應該是某大補習班的外語老師吧！每次只要遇到什麼感恩節、聖誕節之類的西洋節日，這位假老外就會很應景地用些彩色雞蛋、聖誕樹什麼的，把他住的那一層的樓梯間狠狠裝潢佈置一番。說眞的，這樣做並沒有什麼不好，開心嘛！可是再怎麼滿意自己的作品，也犯不著強迫大家去參觀吧！他實在很無聊，常常閒閒沒事守在電梯旁，只要一看到顯示電梯狀態的燈號在跳動（也就是電梯門最上端的那一條燈號），既不上樓也不下樓的他，會故意去按一下按鈕，接著電梯就乖乖地在他那一層自動開門，然後電梯裡的人就不得不目送他的作品……很慘！好幾次我都是趕著回家尿尿，這電梯一停，門再一開一關至少要耗掉十秒，挖哩咧，十秒耶！要是尿漏了出來，我豈不是要被左鄰右舍笑死？更過分的是，有一次萬聖節，他老大居然把自己打扮成吸血鬼，並重施故計按下了電梯按鈕，結果住頂樓的那位二度中風的老阿伯被救護車送到加護病房……幸好沒被嚇死，但是也去掉半條命了！

＊ B02搬家篇 ＊

哼~我受不了這些人了，我要搬到火星去！
那你把珍妮佛留給我，好不好？

不良品之難忘急診室（趴萬）

我有許多拚命想忘，卻忘不掉的恐怖回憶是在醫院的急診室發生的，這些像噩夢般的經驗曾經不斷地啃蝕著我的心，讓我不知不覺間得了名喚「急診室恐懼症」的怪病。

話說高中時，我被「阿性」同學影響，瘋狂地迷上溜冰，不是直排輪或娘娘腔的花式冰刀喔，是充滿暴力美的球刀（打冰上曲棍球穿的那種）。某天我跟「阿性」帶著初學的「眞團結」同學到獅子林冰宮去玩，因爲純粹是玩速度耍刺激，所以我們根本不需要像溜花式的那些傢伙玩什麼空中劈腿跳躍，或單腿旋轉等花稍技巧；橫衝直撞、享受極速快感，才是我們要的。這樣很危險？喔～其實只要別學湯姆．漢克斯用冰刀去敲蛀牙，溜冰這種活動還算安全，不過有種狀況得特別注意，就是碰到一堆想吃豆腐跟想被吃豆腐的狗男女排成一排玩接龍，因爲龍接得越長，與場上一堆飛來飛去的冰客撞成一堆的機率就相對提高。這天，就有這麼一條長長的龍在場上甩來甩去，果然，一陣兵荒馬亂罵聲四起後，有人撞成一堆。我上前一看，咦？受傷的那個人不就是「眞團結」嘛，他的下巴竟然摔裂了，這麼大的傷口要是不馬上縫合，原本就已經嚴重不足的腦漿，鐵定會因爲地心引力的影響而從這裡流出來！當下，我跟「阿性」就將他火速送到台灣最大牌的那家醫院急救。進了醫院急診室，才發覺我們眞是太大驚小怪了！瞧，有手掌被機器切掉大半而猛噴西瓜汁的倒楣工人；也有一分鐘前還跟警察唬爛駕照放在家裡沒帶出來，一分鐘後就昏迷口吐白沫的無照騎士；甚至還有一個胖廚師被鱉緊咬手指怎麼敲也敲不下來，還哭天喊地等著急救……眞是有夠熱鬧！因爲這天急診室的生意實在太好了，等了很久，才有個穿制服但不是醫生的工作人員過來。他看看「眞團結」的傷勢後，就用像叫小朋友把鼻涕擦掉的口吻，要我們拿衛生紙幫他擦擦血，並叫我們全體跟他進X光室。我以爲他要幫「眞團結」做檢查，結果猜錯啦！因爲眞團結的傷勢就像吃成藥就會痊癒的痔瘡一樣，根本算不了什麼，所以這位工作人員其實是要我們進來幫忙抬人的！抬什麼人？喔！原來是有個穿著花襯衫（如今想來，那應該是冒牌凡賽斯襯衫）的兄弟被人砍了十幾刀，其中有一刀刺在他那紋著一條龍的胸口，醫生囑咐要先照片子，看傷口多深，再決定是要全力搶救，還是直接打包裝箱冷凍，天哪！多難得的經驗呀。記得上一次遇見類似的狀況，還是國中上生物課解剖青蛙呢！今天這種大場面對我們這些毛孩子來說，簡直是可遇而不可求。

就這樣，我們邊幫著抬人，邊趁機發問：「請問他是在哪裡被砍的呀？」那位工作人員說：「不確定，好像在艋舺……」「阿性」又問：「這些傷口是什麼樣的凶器造成的呀？」那位工作人員回答：「我也不清楚，但我猜手腳上的應該是武士刀之類的，胸前這一個傷口比較像是扁鑽。」我接著問：「爲什麼他胸口的傷只冒泡泡不噴血咧？」工作人員歪著頭想了想：「不清楚，大概是因爲血快流乾了吧？」這時，這位身受重傷的兄弟，突然像耶穌復活似地開口：「幹！血流乾我不就死啦！你們有問題爲什麼不問我咧？幹！」說完最後的一個字，這位頂著花椰菜小捲電棒燙髮型的兄弟，就這麼張眼瞪著我們一動也不動。他生氣了？

不，他掛了！天哪，居然有個人就這麼活生生地死在我面前……嚇得我們也顧不得「眞團結」的下巴就跑回家，結果「眞團結」的下巴因爲沒有適時地縫合變成了雙下巴；而我跟「阿性」則整整做了快半年的噩夢，夢裡幾乎都是一跳、一跳直罵「幹！」的花椰菜頭逼著我們問問題。這眞是太難忘的診療經驗了！難忘到我現在都不敢進急診室，也不敢吃花椰菜……

＊真團結同學玉照

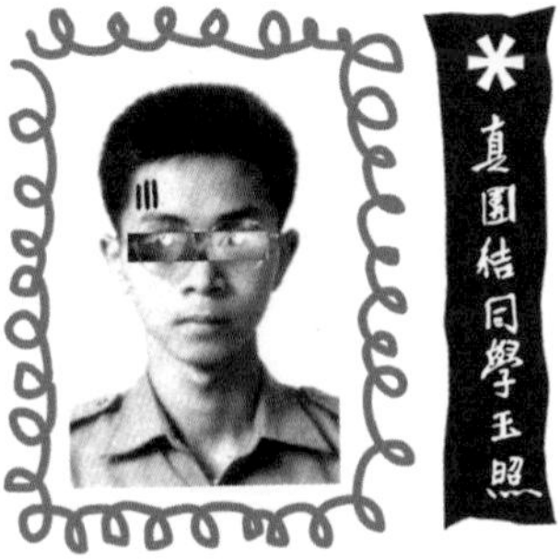

這是「真團結」同學的高中畢業照，各位可以從他殘而不廢的下巴看出他不平凡的一生，如果說命運坎坷但力爭上游的鄭豐喜是汪洋中的一條船，那麼「真團結」同學便是枯樹上的一粒芭樂，而且是很大粒的泰國芭。

〈「真團結」目前為南部某一家室內設計公司負責人，據說公司有賺錢。〉

＊阿性同學玉照

其實這張照片是「阿性」同學在惠蓀林場露營時留下的倩影，他為什麼要在樹林中戴棒球手套呢？唉，還不是因為他的個性剛毅不阿且奉行青年守則，所以他堅持要在從事露營這種青春陽光的活動時打打棒球。

雖然打球並不是壞事，但問題是我們的營地是在山林河谷中，光是撿一顆漏接的球，一趟來回大概就耗掉三小時，我想全世界除了狗，大概就只剩下我們會做這種事了。而那次我們帶去的拾幾粒球，在回程時半粒也沒剩，損失慘重不說，累到在床上躺三天才真是要命！

〈「阿性」同學目前在自家經營的製版場當小老闆，飼有八十公分長的無毛小孩一隻，公的。〉

不良品之難忘急診室（趴刀篇）

國中時我有過一次非常恐怖的開刀經驗，什麼？你說開刀很平常？喂！要知道在當時，同年齡的小孩會到醫院動刀的大多是割包皮，而哥哥我做的手術可是割狐臭，而且還兩度進出手術室喔！

說到這次的經驗可還眞是不得了！做這種看似不大、其實不小的手術，必須得做局部麻醉，而噁心想吐這類副作用是麻醉過程中常常出現的狀況，所以手術前斷食就是必須的。可是，讓一個食量正大、發育期的青少年，從前一晚的八點餓到隔天快中午，是相當殘酷且不人道的，所以不明白事情嚴重性又餓得慌的我，在動手術前，忍不住偷偷跑到醫院外吃了一碗蚵仔麵線。

時間過得飛快，是該進手術房的時候了，我吃飽了、喝足了，平躺在手術檯上，看著手術燈的刺眼光芒慢慢暈開，兩條手臂也失去了知覺，我知道麻醉劑開始發生作用。這時，醫生拿著冰冷的筆在我腋下畫著待會要下刀的路徑。說出來不怕各位笑，第一次動手術的我，眞的很害怕，甚至怕到有點漏尿……這位經驗豐富又相當幽默的外科大夫，爲了緩和我的情緒，開始故做輕鬆地跟一旁的實習醫生和護士猛哈啦，說我的狐臭症狀其實是小意思，他曾經遇過一些狐臭末期的病人，這些病人的症狀有多嚴重、多嚴重，有些甚至一刀劃下去，手術刀還會被黏住，若硬將刀子拔起都還會從腋下牽絲、噴膿之類的芭樂笑話逗大家笑。

好不容易等到這醫生演講完畢，他彎著腰、低著頭準備下刀時，我用微弱的聲音告訴醫生，說我很想吐，這個愛打屁又幽默的醫生，很親切地將頭靠近我，輕聲地說：「孩子，沒關係，想嘔就嘔吧，這種現象是很正常的！」我心想既然很正常，那我應該就不必刻意去抑制這種作嘔的感覺吧？結果我的喉頭就這麼一鬆……「嘔」的一聲……一大坨熱騰騰的麵線就從他還來不及移開的頭頂澆了下去。喔！那個醫生，就像剛從鴛鴦鍋裡爬出來一樣，頂著一條條的麵線及蚵仔跟著我一起發出野豬般的慘叫聲。沒錯，他大聲喊叫是有道理的，噁心嘛！至於我，爲什麼慘叫呢？因爲我看到他手上那把亮晃晃的手術刀，居然就這麼直直地插在我的胳肢窩裡……想當然，這項手術當場就變成了急救，眞正把狐臭割除則是兩個禮拜後的事情了。這段經驗眞是令我難忘！唉~害得我每次洗澡對著鏡子，看見自己腋下那道疤痕時，都會不自覺地想起那天發生的事情……

至於另一件離譜到家的診療經驗，是我帶著B嫂到台北市某家著名醫院看「甲狀腺機能亢進」時所發生的。甲狀腺這種東西，跟長在小雞雞附近的前列腺或攝護腺大大不同，這種長在脖子兩側的腺體，專門掌管人體的內分泌及新陳代謝，所以只要這個腺體出了任何狀況，都會讓人痛苦萬分。當時那位頗負盛名的新陳代謝科醫生看了看B嫂的驗血報告，搖搖頭說：「T3、T4指數都很正常，看不出有什麼異狀，以我有限的專業經驗恐怕幫不了你。不過……嘿嘿！我可以介紹一個很厲害的師父給你們認識，說不定對你們會有幫助喔！」看著他遞給我的那張名片，我跟B嫂高興得彷彿在沙漠中遇到了一隻乳房長在背上的駱駝……爲了解除B嫂的痛苦，當天晚上我們就殺去找那個傳說中的厲害師父。二四六號、二四八號……啊！二五〇號，總算讓我們找到了，咦，怎麼是一家水晶專賣店？幸好不是什麼廟宇或道觀！我跟B嫂狐疑地推門進去，並將名片遞給店員說要找這個人，店員看看小紙片立刻說去請師父出來，要我們隨便參觀！我見到店內擺設了許多大大小小的紫色晶洞（就是紫水晶洞啦！），啊！這個東西可厲害了，多年前我就曾聽說水晶洞的磁場超強，對於體弱多病的人，會有意想不到的神奇感應及療效。哇！這麼好的玩意兒，不試試怎麼行？趁著沒人，我慫恿B嫂跟我一起將頭伸進晶洞裡去感應一下。我挑了兩個特大號的晶洞要B嫂學我，將頭紮實地塞進去。「喂！婆子，有沒有什麼感應呀？」我問隔壁洞裡的女人，B嫂回答：「覺得自己像隻鴕鳥算不算一種感應？」這傻女人，像鴕鳥的感覺我也有呀，當然不能算！我要她再耐心試試，反正又不花錢！過了大概十多秒！突然有個微弱的聲音悠悠傳來：「身體不舒服嗎？」天哪！不會吧？水晶洞居然顯靈了！我連忙問B嫂有沒有聽到，沒想到她已經被這神祕的聲音嚇得皮皮挫！我低著頭，顫抖地對著晶洞：「是呀！是呀！請問我老婆的甲狀腺有得救嗎？」聲音再度傳來：「當然有得救，兩位樓上請……」咦？我探頭一看，原來是那位師父站在晶洞後面，搞什麼嘛！

上了樓，他要B嫂雙手拿著裝滿水的水晶杯，跪在神壇前的水晶球五行陣內，等他發功。只見他馬步一紮，「呦赫！」大喝一聲，所謂的「水晶五行氣功複合療法」開始了。這套療法，簡直是把水晶的功能發揮到了極至，道場裡飄揚的是大賣場裡三片九十九元的水晶音樂，要B嫂喝的水也是放了四十九天的水晶磁化水，最離譜的是，當我們要離開時，還要一人買一顆價值不菲的水晶隨身攜帶，師父說：「這樣才算是一個完整的療程。」這一下花了將近七千元，刷卡加趴，健保還不給付！這眞是太恐怖了！（後記：經過這套神奇的療程後，B嫂的病有起色嗎？並沒有，反倒是喝了那杯放置七七四十九天的磁化水後，便祕的情況有了顯著地改善，拉了三天的肚子，害我天天忙著洗衣拖地！）

＊狐臭位置示意圖

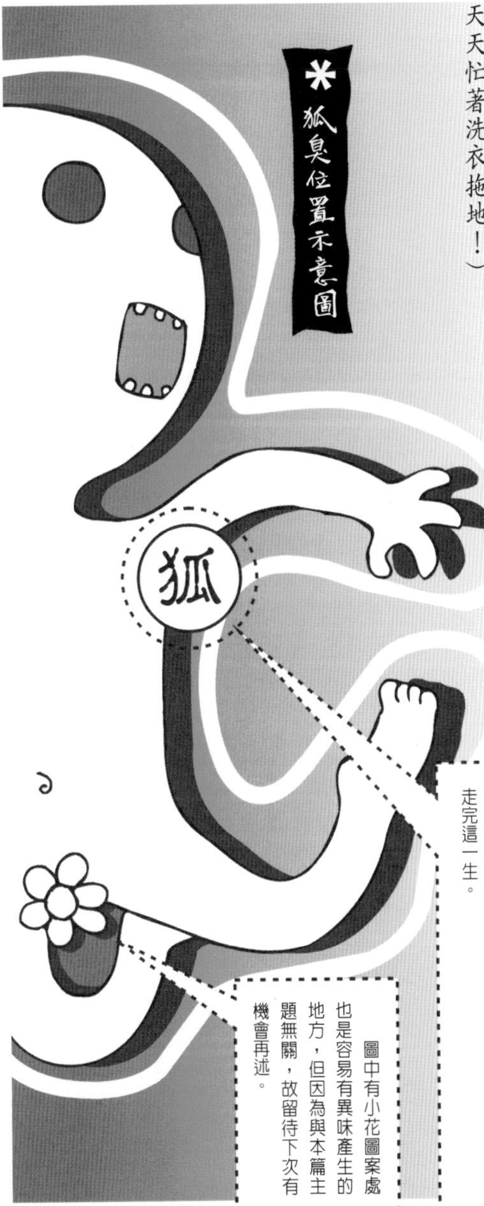

狐臭其實是汗臭的一種，好發於青春期的學子身上，但狼虎之年的婦女也多半有這種毛病，一般來說雷射手術是比較具有口碑的治療法，但此法比較適用於發育期的病患，年過四十即將邁入更年期的狼虎婦女同胞則無法治本，通常醫生會建議這類高齡病患做截肢手術，其實只要術後能配合適當的復健及心理醫生、社工人員的輔導，多數病友都能重新被社會接受，並有尊嚴的走完這一生。

圖中有小花圖案處也是容易有異味產生的地方，但因為與本篇主題無關，故留待下次有機會再述。

水晶是一種硬度與鑽石相近的礦物結晶體，相傳具有神奇的力量，科學家與美國太空總署目前正進行臨床實驗。然而已知的水晶神祕力量，經由微量電擊就能夠發出規律的震盪，石英錶就是利用這種神祕原理製造的。雖然目前坊間流行的情趣跳蛋或滾珠按摩棒也會發出類似的規律震動，但是因為訴求及功能皆不同，所以並未使用水晶做為動力來源。

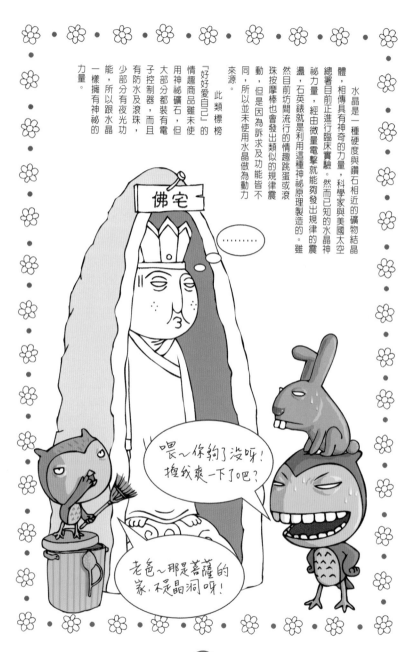

此類標榜『好好愛自己』的情趣商品雖未使用神祕礦石，但大部分都裝有電子控制器，而且有防水及滾珠，少部分有夜光功能，所以跟水晶一樣擁有神祕的力量。

佛宅
………
喂~你夠了沒呀!
換我爽一下了吧?
老爸~那是菩薩的家,不是晶洞呀!

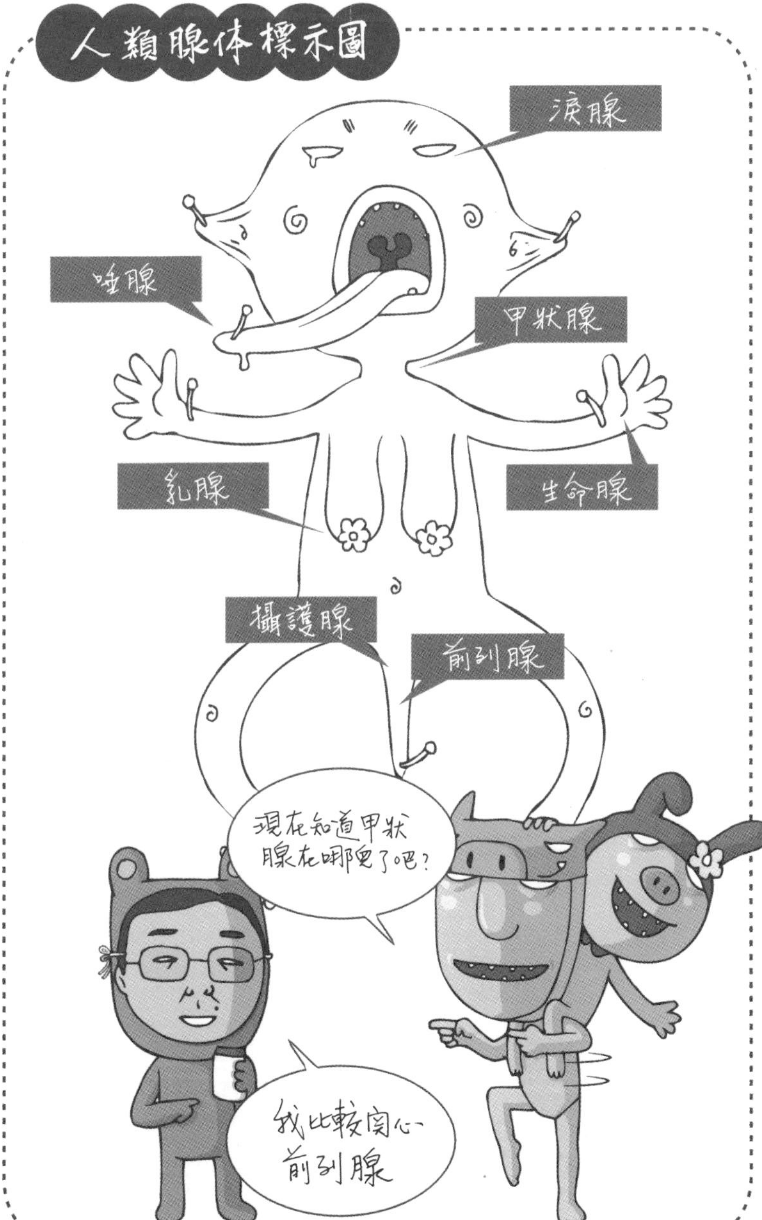
人類腺体標示圖
淚腺
唾腺
甲狀腺
乳腺
生命腺
攝護腺
前列腺
現在知道甲狀腺在哪兒了吧?
我比較關心前列腺

不良品之法術

台灣人的喜新厭舊是出了名的，所以在這塊土地上的任何東西都有可能很快被淘汰。但是很奇怪，偏偏就有一種傳統到不行的東西例外！那就是連哥哥我都害怕的法術。不管你信不信，不要說那是江湖術士騙人的把戲喔！千萬不要太鐵齒，那只是你運氣好沒碰上罷了……

……

相信大家對「月經煲湯」這件早已退流行的事不陌生吧？我個人絕對相信傳聞中的這些事情是眞的，要不然以×嬋姊姊的條件，怎麼可能讓一個玩遍大江南北的立委搞得一身腥？

唉！說到這件事，便讓本人不由得想起多年前軍中同僚所遇到的，跟邪術有關的眞實案例。

事件的男主角是晚我十五天入伍的「大鳥」，還記得這個相貌平平的「大鳥」在入伍前的職業是「做鴨」。聽他說他在那個圈子裡，頗受多金又飢渴的台籍嬸嬸、阿姨們歡迎！爲什麼？因爲他的鳥大嗎？其實這跟大小並沒有直接關係，「大鳥」靠的是他那每分鐘可以讓臀部抽動三百下以上的過人腰力！正因爲「大鳥」有著一副紮紮實實的好腰，所以他不只在女人堆裡吃得開，就連每次部隊裡的手榴彈投擲比賽，他也總是得高分放榮譽假。然後，他再利用放榮譽假的時候，去賺那些不榮譽的皮肉錢。（各位沒當過兵的讀者請注意，手榴彈的正確投擲方式並非靠臂力，而是扭腰轉臀瞬間所使出的腰力喔！）當兵雖然無聊，但大鳥臀部的抽動，加速了光陰的流逝。兩年一轉眼就過去了，我跟「大鳥」即將退伍。打算退伍後重操舊業的「大鳥」告訴我，爲了要讓自己更具魅力，他打算去菲律賓找一個非常厲害的法師替他做一種叫「人見人愛」的邪術，據說這種邪術是利用早夭的童屍所提煉出的屍油來做法，讓其貌不揚的男子或女子服下後，會變得人見人愛。喔！這眞是一帖很猛的桃花術，要是「大鳥」有這種法術加持，只怕他這輩子都沒時間讓屁股好好地對準馬桶便便了！

退伍後的幾個月，我接到了剛從菲律賓做完法術回國的「大鳥」來電，他約我到安和路某間知名ＰＵＢ敘舊。當天因爲塞車，所以我遲到了。遠遠地，從入口處便看到他，一手一個地摟著兩名皮膚黝黑的外籍女子在親熱，我連椅子都還沒沾上邊，「大鳥」就笑著說：「你看，我去做的這個法術很靈吧？十分鐘前這兩個菲律賓來的馬子還站在台上搖鈴鼓，十分

喂！你的屁股不要一直搖，好嗎？你以為自己是瑞其馬汀嗎？
歹勢歹勢！
我這個是職業病啦！

鐘後居然就自動搖到我大腿上啦！哈哈！」結果那天晚上，「大鳥」跟我講不到幾句話就忙著帶那兩個黑妞去賓館開工了，只留下我一個人，孤零零地喝著啤酒，看著滿場的台籍美眉抱著長滿胸毛的老外跳三貼。

過了幾個月，有天晚上，我在東區逛街，又巧遇正準備開工的「大鳥」，闊別多日，他的身材依舊高壯，摟著黑皮膚女人的他，看來還是很有桃花；唯一不依舊的是，他臉上的笑容不見了。我上前跟他打招呼：「嘿！大鳥，有生意做，怎麼還滿臉的不開心？」「大鳥」苦著一張臉，用力把身旁的那個黑妞推到我跟前，「唉！也不知怎麼的，自從上次到菲律賓做了法術之後，我的客人十個裡面，有九個是像這樣的菲妹，剩下的那一個，不是泰國妹就是印尼、馬來妹之類的，唉！反正都是皮膚黑黑，讓人分不清哪一面是胸部哪一面是屁股的那種，×的，眞是邪門！」唉！這隻「大鳥」眞是想太多了，既然都做了這一行，有錢賺還挑剔什麼？「大鳥」又說：「你知道我家住晴光市場那一帶，相信嗎？聚集在那裡的東南亞美眉，看到我就好像看到故鄉的榴槤，拚命流口水！嘿，害我現在禮拜天都不敢回家耶！嚇死了！」這個時候，那個長得很像「提娜透娜」的菲妹嘰嘰咕咕跟「大鳥」說了幾句話，也不等「大鳥」跟我告別就硬拖著他往巷子裡鑽。看著「大鳥」慢慢消失在暗夜中，我想，他今晚大概又沒辦法好好地把屁股放在馬桶上了！

大概過了半年，我又接到了「大鳥」的電話，電話中「大鳥」用虛弱的口吻告訴我，他再也受不了了，他想去菲律賓找當初那位施法的法師。我問他：「你知道問題出在哪兒嗎？」他猜測說是因爲這個法術是在菲律賓做的，所以只有菲妹或鄰近各國審美觀差不多的外籍女

這是巨嬰的油，
快喝吧！我要做法了！
法師，這些油，
真的是用嬰兒
提煉的嗎？
份量會不會太多呀？

子才會看上他，所以他必須再去找當初那個法師幫他解除這個邪術。結果這「大鳥」一去音訊全無，彷彿就從人間蒸發了！直到多年後，我遇見了另一隻鴨，也就是「大鳥」的同行，他告訴我當年「大鳥」的確去了菲律賓，但可憐的是，還沒找到那個法師，就先被當地一個迷戀他的女人的老公給砍死了……這，這難道這就是使用邪術的下場？哇！眞是太恐怖啦！

（P.S.本文乃依照事實詳述，絕對與種族膚色或職業無關！如果各位眞的受不了，想要弄點什麼法術降頭的，那就上網去吧！網路施法下降頭免費又安全喔！）

網址：

http://www.inworld.com.hk/ghost/temple/main.asp?index=6

＊ 必须上網篇 ＊

不良品之 到底誰的大

各位男性朋友們，你在乎自己小弟弟的大小嗎？我相信是的，因爲我也是！那你相信坊間一些關於用身體其他器官來判別小弟弟大小的說法嗎？告訴你，我不信……因爲我看過許多跟這些說法背道而馳的例子。

很久以前，網路上曾流行一種說法，就是當男人比ＯＫ的手勢時，可以從食指與拇指的圈圈大小看出蛋蛋的尺寸，當時相信這種說法的人相當多，甚至還有許多女性朋友專程到ＰＵＢ看大手掌的外國人比這個ＯＫ手勢，只要她們在舞池中看到這些吃漢堡長大的恐龍，比出躲避球那麼大的一個ＯＫ手勢時，她們就會羞紅了臉露出：「人家怕痛，待會兒你可要輕點喔～」的可笑表情，喂！網路上隨便說說你們就信喔。我也認識一個身高近兩百公分，高頭大馬、四肢健全但從小就患了無睪症的朋友呀，他比出來的ＯＫ多好看呀！又大又圓沒事還會翹起蘭花指，可是那又怎樣呢？所以我覺得這個ＯＫ的手勢根本是謠言！

許多流傳已久的面相學，其實也是亂說一通。好比一些常常在電視上露臉的相學大師就公開說「男人鼻大胯下物亦大」的無稽論調。說真的，本人實在很難苟同這句話，因爲在我的交友圈裡，鼻子大到不像話的朋友多得是，但胯下物能與鼻子尺寸成正比的，勉強算來也僅僅只有「憨懶仔」。爲什麼說是勉強呢？話說這位唯一擠進「熱狗大亨排行榜」的「憨懶仔」

同學，他的鼻子眞是大到不行，你們看看，鼻樑堅挺鼻翼豐厚，鼻子不但佔據了他整張臉總面積的三分之一，就連大鼻子上面的青春痘也硬是比同儕們多長個拾幾貳拾顆。像這樣難能可貴的「曠世好鼻」，在我們念高中的那個年代確實不多見。重點來了，每當「憨懶仔」換上貼身的體育褲時，女老師們見了無不紅著臉、咬著下唇、放慢腳步；男老師們見了更是低著頭、紅著眼、快速離開。

總之，「憨懶仔」就挾著這一包神祕又讓人景仰的龐然巨物在校園裡囂張地混了三年。畢業後沒多久，我們接到了兵役體檢單。「憨懶仔」與我在同一地點接受體檢，體檢時會有白衣天使在醫官的旁邊做紀錄，所以大部分愛面子的役男都會在排隊等待的時候，偷偷以不顯眼的小動作逗弄自己的小弟弟，期望使之甦醒，以達到抬頭挺胸的完美境界。坦白跟各位說，當時我的小動作比現場任何一位役男都來得多！爲什麼？不不不，不是我的特別小，更不是我哈那個護士，而是好死不死胯下一大包的「憨懶仔」就排在我的前面，換做你是那個醫官，你看完了「憨懶仔」的，再看我的，你猜他會不會有一種想拿筷子跟放大鏡的衝動？

眼看著就快輪到「憨懶仔」了，而我努力的成果並不如預期的好，怎麼辦？眞是急死人，不得已只好跟「憨懶仔」商量換位子。「左手張開，右手張開，褲子脫掉……」看著醫官手上挑動的原子筆桿及護士嘴角的微笑，呼！好險，我過關了。「下一位，左手張開，右手張開，褲子脫掉……」這時，地球大概停止轉動了十五秒之久，這十五秒之中沒有交談聲、呼吸聲，就連醫官手上那根閱鳥無數的原子筆桿也停止了晃動。我想，一定是「憨懶仔」那一包巨獸把他們嚇壞了。唉！其實這也是預料中的事嘛！可是十五秒過後，我聽到的不是詠嘆與讚頌，竟是醫官與護士的爆裂狂笑……怎麼了？趕緊上前一探究竟，哇哈哈！不看還好，一看連我也加入了「哇哈哈」俱樂部。原來「憨懶仔」胯下那一大包居然百分之八十都是皺皺的皮！都是皮耶！我的天哪，當場讓我笑到漏尿……眞是受不了！（後記：據說「憨懶仔」入伍後沒多久就應連上長官的要求到國軍八〇三醫院，做了精割包皮術，全程不但完全免費，還放了幾天假。那虛有其表的熱狗大亨也撥雲見日，恢復它應有的甜不辣大小。至於手術後到底是多大呢？「憨懶仔」剝完皮後的甜不辣就跟你的、我的、他的，還有旁邊那幾個，是一般大小。所以囉，哼哼！鼻子大又怎樣？還不都一樣！）

說到這個性器官大小，讓我熊熊想起一件事情，大約兩年多前吧，我幫電影【愛情靈藥】畫過宣傳海報的插畫，也因為這個案子，哥哥我免費把這部電影看了三遍！真的，這部片子是我看過最屌的國片，因為整部片子的主軸就繞在『屌』這個器官上，劇中男主角光良從小就有一根媲美象鼻子的大雞雞，因為實在太大，所以必須將屌反折並用橡皮筋綑綁固定，由於天生就擁有這門巨砲，於是光良開始沉迷於A書及打手槍，不只荒廢了學業，也因而誤解了愛情的真諦，更枉費了上帝賜給他巨屌的美意。

而陳昇所飾演的A書店老闆則是引領光良走回正途的救世主角色，他告訴光良大屌不是人生的全部，一隻沒有愛的槍，就算再大再粗，也只不過是隻玩具槍。

全片毫無冷場，甘油球灌腸、打手槍、甚至屎尿齊飛都是導演精心之作，口口聲聲說愛台灣但卻沒看過這部國片的人，真是太可惜啦！

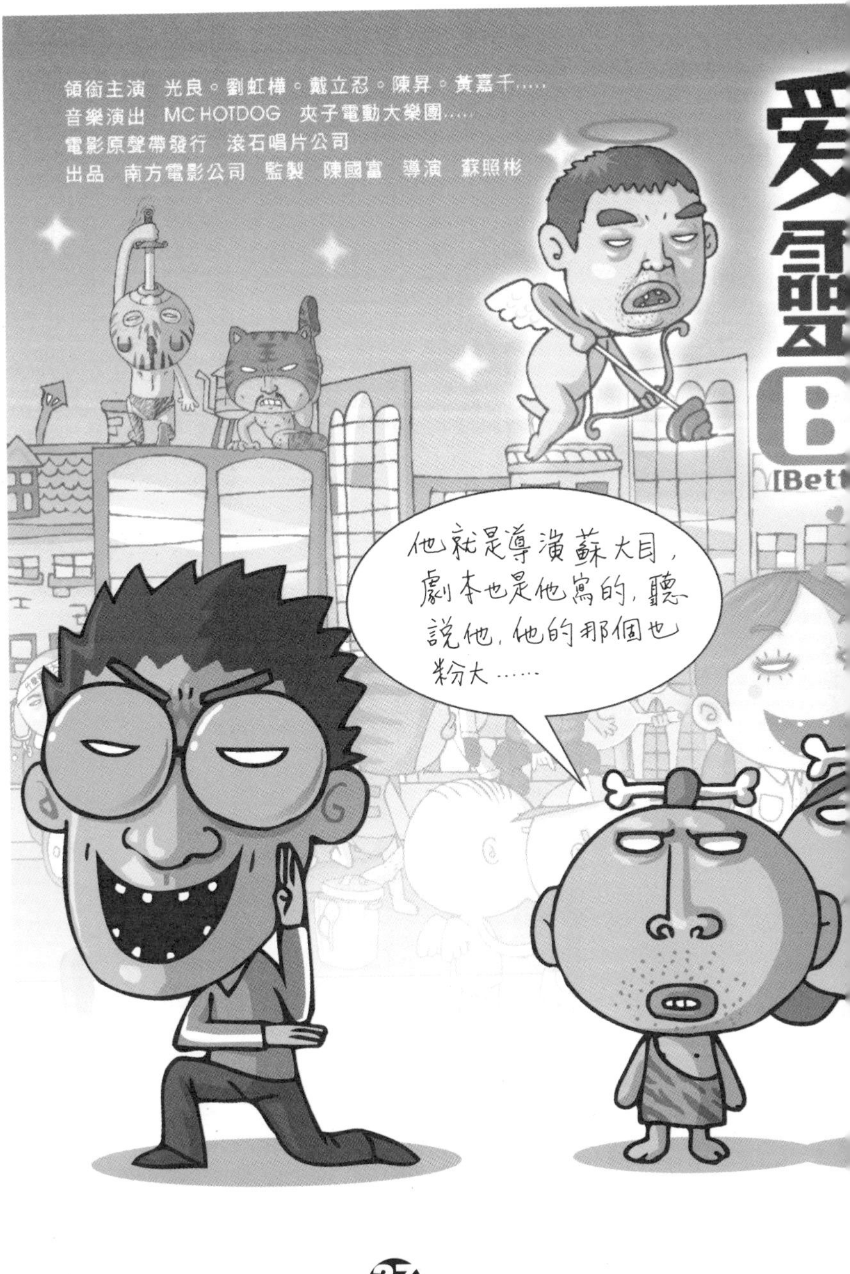
領銜主演 光良。劉虹樺。戴立忍。陳昇。黃嘉千.....
音樂演出 MC HOTDOG 夾子電動大樂團....
電影原聲帶發行 滾石唱片公司
出品 南方電影公司 監製 陳國富 導演 蘇照彬
[Bett
他就是導演蘇大目，劇本也是他寫的，聽說他，他的那個也粉大……

不良品之 車掌與司機

出了社會後，就很少有機會坐公車，前陣子愛車故障，卻又不得不出門辦事，因此有了難能可貴的搭公車機會。坐在車上，看著面帶微笑開車的司機先生，我只有一種感覺，那就是：現在的公車司機，眞是難爲！

爲了安全，車速得維持在四十公里以下，又要專心開車，又要收票、驗票，最可怕的是，服務態度稍有怠慢，車上的乘客可是會當場發飆的耶！唉，哪像我小時候呀，要知道在當時享有一定的社會地位及特權的公車司機或車掌小姐可是許多小朋友的偉大志願呢！（印象中，當年小男生的前三志願依序爲：一、公車司機；二、柯國隆，卡通影集〈無敵鐵金剛〉的駕駛；三、阿姆斯壯。女生則爲：一、車掌小姐；二、〈小甜甜〉（卡通人物）；三、南丁格爾……）究竟有多偉大？我想說兩個老故事，讓各位瞭解這個職業的輝煌歷史吧！

首先來回憶一下當時公車的標準配備，早期的公車長得十分特別，鮮黃的顏色加上長長的車頭活像一隻大狗，冷氣這種東西，在當時是屬於上層社會的奢侈品。公車上吹的都是自然風。乘客的座位也和如今大不相同，兩排長長的座椅，讓人們不得不面對面，大眼瞪小眼，而負責開車的司機及剪票的車掌小姐則是主宰這台大機器的靈魂。好了，故事要開始了，那大約是在我小學二年級的夏天，因爲我家剛從台北搬到新店，所以老爸特別起了個大早帶著我學習如何坐公車上學。前面剛說過，當時的公車並沒有冷氣，所以我跟我老爸就坐在接近車尾的位子，我們打開窗子，吹著涼涼的風，強忍著鼻血，看著對面熟睡的制服美少女……

車子搖搖晃晃地奔馳著，美少女的頭也搖搖晃晃地輕點著，而叼了菸的司機先生則是搖搖晃晃地拿著瓶酒邊喝邊開車。（啥？你說開車喝酒是違法的？喔～NO，那是現在的法律喔，以前的司機大哥，他愛幹麼就幹麼，只要不撞死人，馬路上就屬他最大！）搖著搖著，也不知道這位司機大哥是喝得太多還是搖得太兇，在經過景美橋時，他就像隻早起的青蛙般乾嘔了幾聲，突然間就對著窗外嘩啦啦地將肚子裡的早餐全數拋出。哇～這一大坨熱騰騰且加了酒精的早餐竟然立即從駕駛座的窗口直奔車尾，然後又準確地被灌入車窗的氣流給帶回車內……只聽到「啪吱」一聲，坐在車尾的我，忍不住哭著轉過頭告訴老爸，我後腦勺中彈了，沒想到，透過老爸不動如山的側影，我看到了更大量緩緩下滑的肉鬆稀飯及大土豆麵筋。天呀！老爸氣沖沖地走到車前找司機理論，只見這位大哥臉很紅，但氣不喘地說：「偶又沒錯，隨要你們盈盈沒代誌把窗子打開，如果不爽就下車……」

你聽聽，這像話嗎？可是，所有的乘客都幫著司機大哥講話，有的說司機先生開車很辛苦，身體不舒服所以不要怪他，有的人則是勸我老爸回家洗洗，或到太陽底下曬乾再剝掉就好，事情鬧大對自己沒好處。可是各位也知道我老爸的脾氣，他掄起鐵拳就朝那個醉鬼揮下去……結果，唉！正如那位乘客所說，事情鬧大對自己一點好處也沒有。從那一天起，我跟我爸就常常等不到這一號的公車，因爲這位司機老大及他的同事，只要一看到我們父子在等車，他們就故意過站不停。唉，自從那次的事件後我跟老爸都不得不對公車司機特別尊敬！

在那個年代除了要尊敬司機大哥，拿著「喀嚓、喀嚓」車票剪的車掌小姐更是不能輕易得罪。還記得國一的時候，因爲我家房子被公家單位強制收回，所以舉家遷移到離公車總站約十分鐘路程的地方。就在某天晚上十一點多，我跟鄰居「哈巴狗」騎著BMX腳踏車到這個無人的總站夜遊，兼練習拖孤輪。當我們快速踩著腳踏板在這片停滿公車的廣場上奔馳跳躍時，有個詭異的現象發生了，一字排開的無人公車中，居然有一輛發出奇怪的聲音，而且越來越大聲，越來越淒厲。我跟「哈巴狗」趕緊將BMX甩在一旁，以潛行的方式慢慢接近這台神祕的公車。當我們悄悄地爬上前保險桿，哇！透過車窗所看到的畫面，簡直是比看到兩個頭的鬼還要讓人難忘……我們看到兩位車掌小姐在裡面摸黑玩親親，這個超限制級的畫面對於連A書都沒看過幾本的我們來說，就彷彿像被閃電擊中般！因爲這麻辣的畫面實在讓人受不了，所以我跟「哈巴狗」不小心就從保險桿上摔了下來！「碰」的一聲，這下可好！我們這兩個壞了人家好事的偷窺狂，被廣場上明亮的水銀燈照得原形畢露，想當然耳，也被這對姊妹花看得清楚而透徹……

那晚逃回家後，我們都做了一場春夢。但春夢醒後，噩夢就開始了。這兩位車掌，其中任何一人，見到我們上車，不是故意把車票剪歪（當時只要票格被剪歪，歪掉的那一格便視同作廢），要不就是轉過身偷剪好幾格，害我損失慘重。但是這些損失其實還算不上痛苦的折磨，眞正最讓我椎心的是……這兩個害我做了一整晚春夢的車掌小姐，她們，她們的長相及身材，怎麼會白天看跟晚上看差這麼多？

這就是我跟「哈巴狗」幼稚園時的合影，右邊那個充滿靈性的小孩就是我，左邊那個蠢蛋是「哈巴狗」，「哈巴狗」又名「小中中」，也就是在「動物園」那篇文章中跟我一起目睹猩猩丟大便的傢伙。「小中中」大約是在小學四年級時把外號改成「哈巴狗」，這是我取的，因為他跟李前總統一樣有個戽斗下巴，而且從那一年開始他就一直流口水，超噁！

嗚~我真的只看到黑黑的菜瓜布,其它什麼也沒看見~
喀喀喀喀

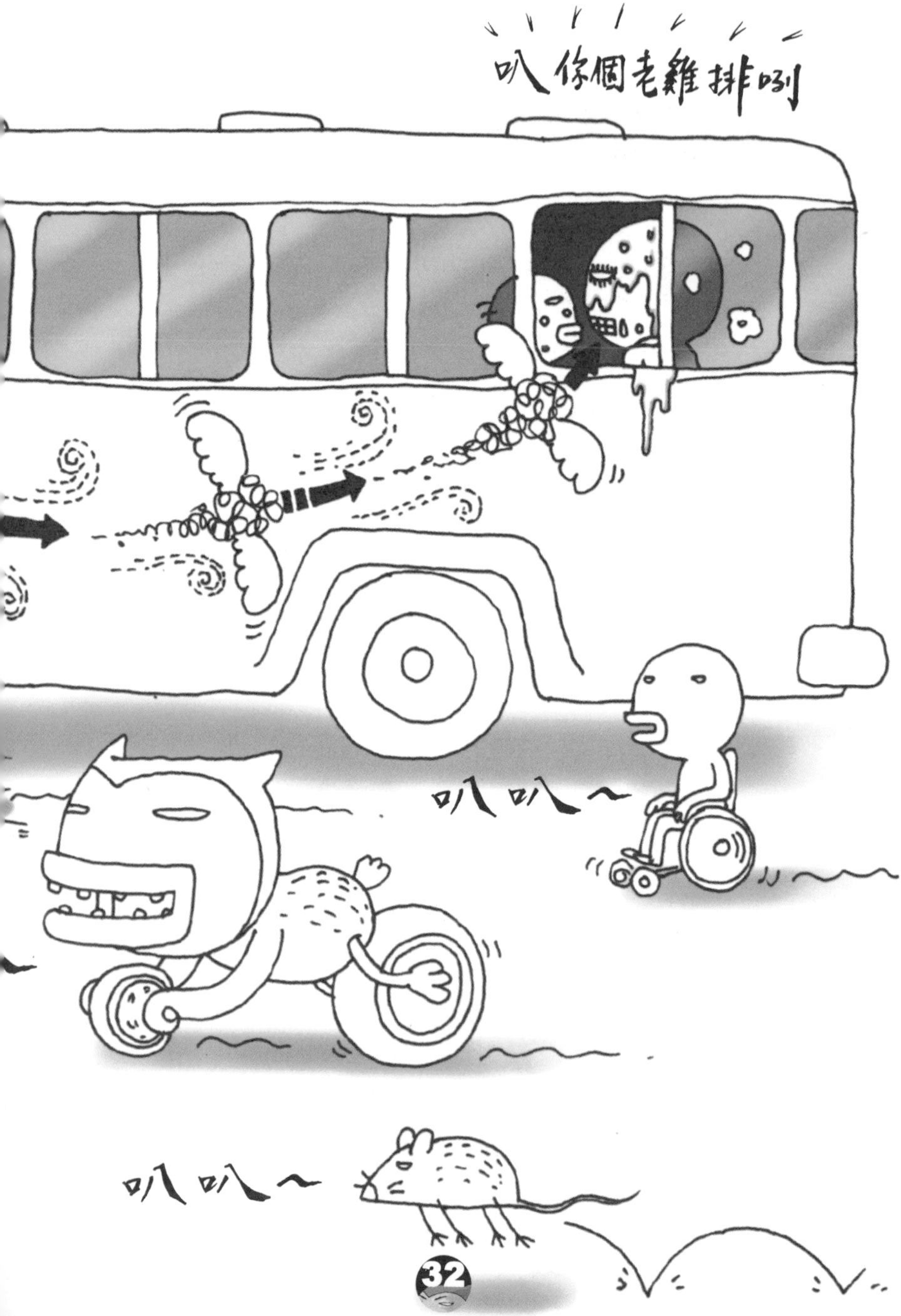
叭你個老雞排咧
叭叭～
叭叭～

父慈子孝图

不良品之 特別的腳

記得有篇文章上這麼寫的：「生命中不需要有太多的標新立異，因爲其實每個人在誕生的那一刻，早就已經是一個無可取代的獨特個體！」很多人覺得這話有道理，可是我倒不這麼認爲，因爲我怎麼看都覺得這世上大部分的人都很雷同，一點都不獨特！你瞧……都是兩個眼睛一個嘴巴，所以長相都差不多；不管是吃豬、吃牛，還是吃素，吞下肚子的東西也都差不多；但最讓我受不了的是，就連生活習慣居然也都差不多，唉！實在乏味到了極點……

幸好，在我那一堆什麼都差不多的友人裡，有個傢伙硬是從中脫穎而出，獨特得讓我讚嘆連連，念念不忘。他的生活方式及衛生習慣可以說已經超越了一般人類生活習性的範疇，甚至直接提升到了另一個物種的境界……他是誰？他就是主角「小將」。話說這位「小將」是我的高中同學。他這個人很特殊，曾經赴日本名校留學、擅長室內設計又懂音樂，有著東方人少有的修長的身材、白皙的皮膚、細長而上揚的鳳眼，配上隨風飄逸的長髮，不時透露出一股優雅脫俗的氣質……其實在台灣有這樣優質條件的人也大有人在，像是「亂彈」的主唱阿祥、F4裡的吳建豪、愛穿內褲洗澡又愛喝胡蘿蔔汁的王力宏、唱完「七辣」就消失的施文彬等等；但「小將」最終爲何沒能踏上星光閃閃的演藝圈發展，反而有一餐沒一餐地窩在家裡畫常常收不到錢的室內設計圖呢？唉！這一切都是上帝的旨意，因爲上帝給了他夢幻美型男外表的同時，也給了他一雙蜘蛛人的腳……就是這雙獨一無二的腳，讓他發展出獨特的生活習慣，也創造了一種不同凡響的另類人生。

我要先說明一下，「蜘蛛人的腳」這幾個字，不是在形容「小將」擁有過人的跳躍能力，或他愛穿紅色韻律服外加藍色長靴，而是他的兩隻腳掌會二十四小時不停分泌大量汗水。這些帶有濃濃「茼蒿菜」味的汗水（茼蒿菜就是火鍋裡面常常會吃到的「噹歐」啦！），與空氣接觸後便開始發酵，產生如山藥般的黏液。還會牽絲喔！這種黏液成分複雜，形成原因也不明，但我深信這應該就是傳說中的腳汗症末期。襪子套上這樣的腳後會產生什麼樣的結果？就是襪子也會佈滿黏液，正因爲如此，原本該穿著皮褲長靴站在舞台上砸電吉他的「小將」同學，他的生命就從這裡開始轉了一個獨特的大彎……

你難道不知道這串風鈴很吵人嗎？這樣我很難專心辦事耶。
大哥，吹氣大嫂
對不起，我也不知襪子硬掉会变成這樣！我馬上丟掉。
心靜自然涼

話說高中時代，我跟「小將」曾是同班同學兼室友。由於剛住在一起的第一個禮拜，彼此還不熟，我還誤會這個傢伙是個枯燥、乏味又有潔癖的白斬雞。但日子慢慢過去，兩人的相處也越來越密切，這時我才開始驚覺，原來這個人並不如我想的那般單純。怎麼說呢？首先，我在與他同居的第一個禮拜即將結束前，發覺宿舍的白色牆上竟被貼上了一雙黑色的襪子，後來每隔一個禮拜牆上就多出一雙，這些襪子的數量就這樣持續、穩定地成長。這眞的很令人費疑猜，可是因爲他下課常常打工到深夜才回來，所以也沒機會問清楚到底怎麼回事，只是覺得他可能在進行一種神祕的裝置藝術（我們念的是美工科）。直到半年後的某一個週日夜晚，我在睡夢

中被晚歸的他給吵醒，矇朧中只見「小將」坐在床沿，脫下一隻襪子順手往牆上一扔，「啪吱」一聲，要命！襪子竟然像豆漿店老闆把燒餅貼上烤爐般地黏在牆上。我以爲自己眼花，趕緊揉揉眼坐起來，哇！沒想到另一隻襪子也一樣，我當場嚇壞了！我雙手緊抓著「小將」瘦可見骨的雙肩，不停地搖晃他：「小將！告訴我這是怎麼回事？你是怎麼辦到的？你是不是曾被外星人抓去過？你說話呀！」只見「小將」搖搖頭、紅著眼眶，什麼話也沒說，只把右腳抬到我面前，我定睛一看，這光潔無毛的腳丫子，好像剛被某種大型狗舔過一樣，居然濕潤到會反光！這下我才總算明白，原來這傢伙有嚴重的腳汗，而且離譜的是這位老兄根本不換洗襪子，所以連續穿了一個

禮拜後，這雙黑得發亮的襪子，其濕度與黏度恰好可以黏住牆壁……

這眞是很噁心，可是本人也是個常常把純白內褲穿成迷彩的垃圾鬼，所以我決定以「圈內人」的身分好好地跟他溝通：「小將，你的襪子洗不洗、換不換是你的自由，因爲我也跟你一樣是個髒人！可是你至少要想辦法讓它乾燥吧？你這樣任由它貼在牆上也不是辦法，我擔心上面會長出香菇喔！」我望著其中幾隻已經開始冒出長長綠毛的襪子這麼說。「小將」也不是個不通情理的人，經過這次溝通過後，他確實改了，他把房間內所有的椅子全部翻過來讓椅子腳朝上，然後再將牆上的濕襪子一隻隻

摘下來套上椅子腳。這，這辦法還眞的只有他才想得到，我不得不佩服他的腦袋，因爲這個方式能在很短的時間內，將濕漉漉的襪子完全乾燥，「小將」確實稱得上是個生活智慧王！

可是另一個困擾又來了，這些襪子乾了後居然變成一隻一隻有如塑膠義肢般的腳形硬殼。「小將，你能不能試試其他方法？再這樣下去，我不但沒椅子可坐，就連這間小房間也都快變成放滿假腳的絲襪專櫃了！」「小將」抓抓頭，沉思了幾分鐘後告訴我：「對不起，方法不對我立刻改，我保證一定會想出解決這個問題的方法！」隔一天，「小將」行動了，我從沒見過一個人這麼主動地去解決問題。他花了五十元在永和的黃昏市場買了一個媽媽們最愛用的圓盤型曬衣架。透過斜照的夕陽，我看

到一個乾瘦但挺拔的大男孩，認眞地將一雙雙吸飽了汗水的襪子夾在曬衣架上。這時，我心中只有一個感覺：「好兄弟，眞難爲你了……」

又過了幾個禮拜，我完全推翻了本人之前的感動，爲什麼？因爲我發覺問題還是沒解決……這總共可以夾十雙襪子的圓盤型曬衣架，沒夾滿還沒事，可是一旦夾滿這些由濕轉乾再變硬的板狀襪子，怪怪！這曬衣架子當場變成會發出聲響的風鈴！喂，我說的一點都不誇張，那又硬又乾的襪子隨著風互相敲擊時所發出的聲音雖不清脆，但也夠讓人受不了的了！於是我又再度提出抗議：「小將，他×的！我眞受夠了，你可不可以把那一串吵死人的襪子風鈴給丟了？」這次「小將」算是配合得很徹底，他不止丟了那串風鈴，從此也不再穿襪子了，於是就從那天起，我倆過了好一陣子沒有燒餅也沒有風鈴的悠閒生活。直到有一天早上，在一聲尖叫及慌亂後，我深深覺得自己錯了，我害了「小將」！相信嗎，「小將」在穿鞋時居然被老鼠咬到腳趾噴血送醫急救！爲什麼老鼠會在鞋子裡？唉！還不是因爲他那陣子都光著腳穿鞋，所以那雙佈滿濕黏腳汗的皮底皮面義大利小牛皮鞋就變成了強力黏鼠板。

（後記：那隻不小心迷路被黏在鞋子裡的倒楣老鼠，事後被放生了，但是兩天後還是在牆角發現了牠的屍體，不知道是鞋內的黏液毒死了牠，還是「小將」那一腳踩得太用力，總之，自責的「小將」從那天起便常常穿著拖鞋窩在家裡畫室內設計圖，直到現在……）

喂！你把屁屁放進鞋子裡幹嘛呀？拍新版的「採紅菱」卡拉帶嗎？哈哈哈～～
採你的頭啦，我現在被黏住了。誰知道現在的黏鼠板居然做成鞋子造型，真夠衰!!
你蹲在那裡已经五個小時啦！一直NG嗎？

元氣!

不瞞各位…我當時是來不及拉在褲子裡….
心靜自然涼

「小將」其實就是大家都很熟悉的「鐵雞扒」，「小將」是家人幫他取的乳名，「鐵雞扒」則是他的藝名。右邊這張是他學生時期的照片，左邊這張則是近期拍攝的，經由右邊那張照片我們可以很清楚的發現到一件事情，那就是他當時正處於不明原因的小亢奮狀態……

不良品之計畫

還記得念國中時，我受了麻吉「粗勇」及「智障忠」的影響，突然愛上了釣魚，每次只要一遇到假期，我就會跟他們從台北坐火車殺到蘇澳漁港，去偷雞摸狗釣它個爽歪歪。或許有人會問：「釣魚是挺好的一種休閒活動呀！既可以欣賞海天一色的景致，又可以磨練一個人的耐性，爲何要偷偷的咧？」

沒錯，釣魚是很棒的休閒，可是在過去戒嚴時期，白天你愛怎麼釣就怎麼釣，就算你跟海裡的牡蠣交配也不會有誰想多看你一眼，可是一旦夜晚來臨……別說是釣魚了，就連你想在海邊撒泡尿都難上加難。因爲咱們英勇的國軍海防弟兄一定會一手牽著軍犬，一手拿著二次世界大戰用的步槍像幽靈般在你身後突然出現……他們會先問口令是什麼？然後把你壓在堤防上搜身，接著叫你來個交互蹲跳五十下，跳完後再來個伏地挺身一百下，最後乾脆直接拿走你釣到的魚，並限你三十秒內滾蛋。

或許有人會問：「既然海邊的夜晚這麼危險，爲什麼不在白天釣呢？」唉！眞正的大魚都是晚上才出現的，這跟大尾的流氓都在夜間出沒是一樣的道理。就這樣經歷了幾次交互蹲跳及伏地挺身的磨練，我們深知戒嚴時期海邊阿兵哥跟我們一票一票選出來的地方民意代表一樣是萬萬惹不得，但是，要我們放棄這麼美好的釣魚休閒，我們也辦不到呀！於是上有政策，下有對策，我們決定訂定一個縝密的計劃來對應。於是，一項祕密的「獵魚計畫」就此展開。

A計畫

這是怎樣的一種厲害計畫呢？首先我們想到利用「狗」這種充滿靈性的動物來幫助我們提早發覺海防的蹤跡。這個方法眞的是很不錯，一條訓練有素的狗會對陌生人很有警覺心，所以只要我們帶著狗去釣魚，管你來者是海防還是海蟑螂，我們計畫中那條訓練有素的狗就會汪汪叫，屆時我們就會有充分的時間收拾東西準備落跑！哇~這法子眞是太妙了！當下我們就決定利用「粗勇」他家那條養了八年、守寡兩年的白色兇猛短腿老母狗「寶珠」來做爲這個計畫的主角。想當然，這次的行動既然被稱之爲「計畫」，那就表示我們是必須經過嚴格的訓練才能付諸行動。

注意！這個重要的訓練，人跟狗必須分開進行。首先是人的訓練，我、「粗勇」、「智障忠」等三人必須練習在兩分鐘內完成落跑前的所有預備動作，這包括將所有垂釣中使用的雞絲頭收拾完畢，打包、上肩……說眞的，在時限內完成以上所有動作似乎有點不可能，但經過將近一個月的努力，我們還是達成了這個目標。至於寡婦狗「寶珠」的訓練課程就輕鬆多了，我們只須在行動前將「寶珠」跟所有的人畜做徹底的隔離，便可加強牠對於侵入者的敏感度。因爲我們的努力，很快地，訓練課程結束了，我們迫不及待地將兇猛的「寶珠」裝進旅行袋內，坐上海線火車進行第一次的行動。

到了蘇澳港已經是傍晚時分，所有的釣客都紛紛收拾東西準備離去，我們並不急著行動，先躲進魚市場的廁所等天黑再說。天色漸漸暗了下來，「智障忠」那隻不小心在黑暗中踩進糞坑的腳告訴我們，行動的時刻到了。我們噤聲、摸黑靠近碼頭，準備好釣具並拉開旅行袋放出「寶珠」。重見天日的「寶珠」雖然因路途遙遠缺氧而滿嘴白沫，不過從牠那不斷翻著白眼的目光中，我們仍舊看到了那一股屬於狗的專業與自信，太好了！有了「寶珠」的加持，今天一定要來個大豐收！

我們安靜地釣著，魚兒像白癡似的，一條接著一條上鉤；「寶珠」安靜地拖著垂地的老奶子，來回巡邏，忽遠忽近，一趟又一趟，突然間一個熟悉的聲音在我耳邊響起：「臭小子！又是你們，老規矩，做完交互蹲跳、伏地挺身後，把魚留下，自動滾蛋！」這，這怎麼回事？「寶珠」呢？平常狠到不行的「寶珠」，這次怎麼沒叫咧？原來這隻早就停經的母狗不知道發什麼神經，居然一聲不吭就跑去跟那隻軍犬玩疊疊樂……看著遠處張著嘴伸出長長的

喂，同志，你這次的審美水平有點問題喔！
這麼老的短腿狗，你也有勇氣跟她玩疊疊樂呀！
什麼？你說這是隻短腿老母狗？
氣死人！早知道就帶
夜視鏡出任務……
滴&雞

舌頭的「寶珠」以及牠身後那條狼狗……我們三個都很清楚，這次的計畫大失敗！

B計畫

有了上一次的慘痛經驗，我們深知獵魚計畫必須重新擬定。經過了徹夜促膝長談，我們又想到了一個妙招，「漁船！」在港口裡停了這麼多艘漁船，我們只要隨便挑一艘躲在上面釣，等到漁船差不多要出港作業時再逃跑（半夜三、四點左右！），嘿嘿，海防要怎麼抓我們？而且這個計劃完全不需要經過訓練，包包拎著，車票一買，馬上就可以付諸行動，簡直太優秀了，我們根本就是B段班的李遠哲！

基本上這次計畫的前半段跟上次一樣，我們抵達港口的時候先躲到魚市的廁所，等到天黑就立刻展開後半段那了不起的行動。時間過得很慢，好不容易天色才暗下來，我們挑了一艘最近的漁船跳上去，再從這艘跳到另一艘停在外圍的船。太好了！在內圍跟外圍的船體交互遮掩下，如果這樣海防還能發現我們，這就眞是見鬼了，所以說這次的計畫——成功！

由於我們是第一次上漁船，而且又是在安全係數這麼高的狀況下釣魚，所以我們很放心也很好奇地邊釣邊參觀漁船上的設備。瞧！有環保人士恨死的流刺網，有高科技的通訊設備，船艙裡還有供討海人睡覺休息的寢具及A書。哇～這眞是太好了！我們三個人就持續亢奮地在船艙裡抱著棉被枕頭滾過來滾過去，而就在我們快樂的翻滾之際，我赫然發現船艙的角落居然有一箱箱的曲線瓶可樂，喔！這實在是太正點了，有魚釣、有床睡、有書看，還有免費可樂可以喝。雖然我們搞不懂爲什麼船艙裡放的不是廣告中的感冒糖漿而是可樂，不過我們並不想去追根究柢，畢竟釣到過癮、喝到爽才是人生最大的樂事。

由於B計畫實在太成功，所以往後的日子我們都跑去同一艘船上釣，那一陣子，我們真是開心極了。而這個計劃也在我這輩子第一次剃光頭時結束……我們完美的B計畫之所以會夭折，是因爲我們的行蹤被船主發現了，請注意！並不是因爲我們可樂喝太兇被抓到喔，而是每次我們都把船艙內的A書弄到黏頁，棉被枕頭弄亂也都沒恢復原狀。沒錯，沒給人家恢復原狀又搞到黏頁，本來就是我們不對，可是你知道這船長有多狠嗎？他居然故意把超黏的撒隆巴斯反貼在白色的枕頭上……而我一時不察就這麼一頭睡了上去，唉！黏得死緊，救都沒得救，這就是我剃光頭的原因，B計畫！最終還是失敗。

還記得「粗勇A」以前年輕時，像極了老牌歌星『痛苦歌王孫情』。他那雙招牌小眼睛可是風靡了不少小女生呢！

左上方的照片是國三畢業前夕拍的，說真的，就一個字：『帥！』；左下方是他前一陣子拍的，我不知道該說什麼，他頭上的毛線帽全天候不摘除，他的說法是為了造型，我很懷疑！

對了，忘了告訴各位，「粗勇A」其實並不姓粗，而是姓初……他在檯面上的職業是陶藝家，但暗地裡他的真實身分是陶藝協會的秘書長……秘書長耶！

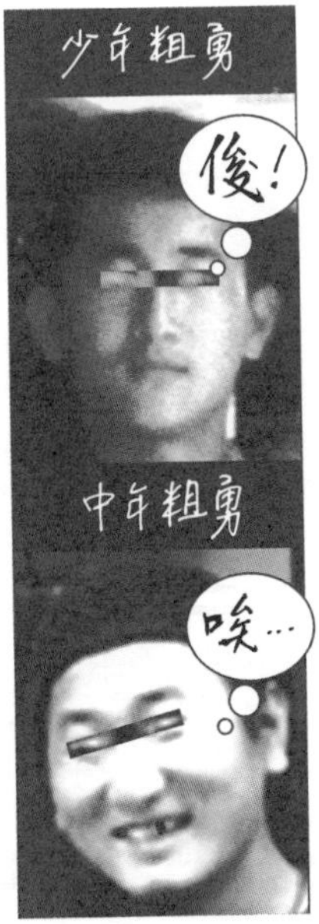

喂，難道我們就不能改用看手錶的方式嗎？
太好了！開始行動！
耶！踩進去了，開始行動！

B爸

ㄅ爸是個比李麥克還要霹靂的傢伙，這麼多年來我老媽拿他沒皮條ㄣ我老哥也搞不定他，我老姊心有餘力不足，至於我這個沒出息老么就更別說了！但也就因為ㄅ爸他時而似水柔情、時而風火霹靂刀的撲朔迷離個性，除了讓我們這些家人繼續努力愛他一萬年之外，更得努力的強化自己的心臟跟腦細胞⋯⋯別人老爸會賺錢，我的B爸會鐵拳！

因為ㄅ爸的右手從小就因病萎縮，所以他光靠著那隻跟人派差不多粗壯的左手養活我們一家，你可別小看他的這隻左手喔，除了養家活口，它還幹過很多了不起的事情咧！像拿扇子柄替我通便、拿老虎鉗夾我屁眼裡斷掉的扇子柄、拿拔罐器讓自己的香腸變香腸等等，這裡我想介紹的是B爸另一項罕為人知的神功ㄣ「新一鐵拳B12」！

那是我小學一年級時發生的事，還記得那天⋯⋯一個平日腦袋秀逗、兇狠異常，且外號叫做「神經病」的鄰居搶走了我從同學那兒鏘來的5塊錢，被黑吃黑的我，一把眼淚一把鼻涕，跑回家跟ㄅ爸告狀申冤！「X你個ㄅㄅ扣！竟敢欺負我兒子。」狠話還沒說完，ㄅ爸就像吞了沒剝殼的榴槤似的，冒著綠色的煙拉著我去找神經病火拼！還記得當時「神經病」手裡拿著根扁擔左揮右舞的十分囂張，ㄅ爸二話不說掄起了左手就給他一頓營養午餐⋯⋯怪怪ㄣ那了拳速度之快、力道之狠絕非你能想像。「神經病」接了ㄅ爸的ㄅ招後當場哀聲連連，急忙轉身鑽入屋內將厚實的大木門給反鎖……只見ㄋ爸像魔鬼終結者一樣屈膝扭腰連揮5拳……不要不相信，那厚實的紅色大門硬生生的就被摃爆了，ㄋ爸拆了門又使出4拳讓他的鼻子流出了新鮮的蕃茄汁！從此之後鐵拳12這個外號就流傳開了！

ㄋ爸流淚別惹他，否則奪命連環ㄋ！

你以為ㄋ爸有了鐵拳就丟了柔情，告訴你ㄙ錯了！我家的ㄋ爸可是超感性的，他看大陸尋奇會哭，看阿亮尋人會哭……就連看流星花園這種新時代爆笑劇都可以讓他眼睛腫成美美小泡芙！所以我家的客廳常常會出現一種兩極畫面，一個老頭紅著眼對著電視唏哩嘩啦，而安安靜靜坐在一旁的家人卻一副怡然自得，搧風的搧風……摳腳指的摳腳指……完全不受他老人家影響……為什麼我們這些人對他的眼淚都視而不見咧？「習以為常」當然是原因之一……但最主要的還是希望能提供他老人家一個舒適且寧靜的落淚環境……沒有煩人的關心問候語，更不會遞給他加油站送的衛生紙……

因為家人們都知道這時最脆弱的他……同時也是最危險的！舉個例子來說，前陣子住我家樓上那個常愛在電梯裡抽煙亂丟垃圾的ㄎ厝邊，「花痴伯」犯了兩項嚴重的錯誤，導致自己的祖宗8代全都被ㄋ爸以「奪命ㄋㄋ摳」的方式問候過了。

花痴伯所犯的第一個錯是挑錯時間澆花，犯的第二個錯是澆花時用錯水量……這位先生居然在阝爸流淚跟著第四台老歌節目唱卡拉時澆花！而且澆花水量弄那麼大，被吵得無法專心沉醉於美麗與哀愁的阝爸心頭燃起一股炙熱的火，他拉開陽台紗門狠狠隔空開罵了一個鐘頭！這一招可是把那愛花成痴的歹唐邊緣嚇得隔天就回南部避風頭……阝爸！做兒子的我，真的覺得你罵人的樣子酷爆了！我愛死你！

雞同鴨講算什麼，雞鴨同校才厲害！如果說溝通不良、交談出現障礙叫做「雞同鴨講」，那我坦白告訴各位……我家根本就是「私立雞鴨語言學校」。那是因為偉大的阝爸還有一絕……「耳朵長包皮」！也就是說不管你跟阝爸說什麼，他總是有辦法把它聽成距離很遙遠的另外一回事！就好比說有次吃完晚餐沒多久，我兒子他娘把水果端出來了，我的兩個兒子在客廳叫：「爹爹～出來吃水果囉！」只見他老人家氣急敗壞匆匆從房內跑出來：「你說啥？又停水？自來水公司的人都死光了嗎？@#中%～」這……這實在是太離譜～吃水果跟停水扯得上關係嗎？更離譜的～前兩天我老媽做了一道「糖醋魚排」，阝爸夾了一塊放進嘴裡咕噥了一陣說：「老太婆～你這道菜做得是色香味俱全，真夠味～實在太妙了！你是用牛肉做的嗎？」我老媽白了他一眼：「是魚肉，你都幾十歲的人了還分不出牛肉跟魚肉嗎？」阝爸被奚落了，心裡很不是滋味，當場也提高了音量吼著：「真奇怪咧～我問一問你會少塊肉嗎？我這輩又沒吃過驢子，我怎麼知道驢肉跟牛肉要怎麼分！」天哪～就算是耳背聽走音了，舌頭也會告訴你該怎麼分辨魚肉跟牛肉的不同吧！更何況是驢肉……唉～魚肉v.s驢肉……呼～天啊！是不是很離譜呀！

不良品之神乎其技

前兩天我收到老同學毛毛傳來一封夾帶短片，標題爲「小朋友不要學，阿姨是有練過的！」的MAIL，當我打開這封MAIL並按下播放軟體的PLAY鍵時，霎時被短片的內容給震撼到了一個不行的境界……

在這支從某日本深夜綜藝節目中所抓下來的短片裡，有位穿著紅色丁字褲的妙齡阿姨手裡拿著一整把象徵團結力量大的竹筷子，她在眾人的掌聲中利用細如一條線的性感褲襠將那把筷子穩穩地橫向固定在股溝上，然後這位阿姨猛地一縮臀，「喀嚓！」筷子居然硬生生就被丁字褲的褲襠子及瞬間變硬的臀部肌肉給勒斷，而且筷子的斷面還深深陷入股溝中……注意！阿姨的屁股並沒有被斷掉的竹筷刺爆！太可怕了！是整把筷子耶，看完這段不可思議的表演，我當場就有兩個疑問：一、團結力量大的故事是眞的嗎？二、這世上眞的有這種特殊技藝嗎？

說出來怕你不相信，我的「雞掰恭」同學他鑽研的特殊才藝是「自我滿足瑜珈術」，什麼叫做「自我滿足瑜珈術」呢？繼續看下去吧，相信你看完「雞掰恭」學習這項才藝的理由及背後所歷經的辛酸，相信你也會被感動的！

話說這位「雞掰恭」同學從高中時代就長得很抱歉，暴牙塌鼻又大小耳（大小耳就是耳朵一邊大一邊小！），更可憐的是，他老兄不知道是遺傳基因的哪個部分出了問題，截至目前爲止，還是童子之身的他，身高始終無法超越一百五十大關……男人不怕醜，但「矮」這種症頭對男人來說可是僅次於禿頭的絕症，有哪個女人會喜歡小矮人咧？怎麼辦？吃藥吧！矮子「雞掰恭」開始吃大量的魚肝油加鈣，就是廣告上說可以保護眼睛又可以鞏固牙齒的那種，可是他吃到連放屁都會噴油了，身高也不見起色。病急亂投醫，他最後甚至連那個有舉人標誌的「六尺四七厘武功散」都吞了好幾罐，但是四尺六的身高還是沒長到六尺四……

怎麼辦？交不到馬子，又長不高，他除了消極地將頭髮吹高、穿厚底矮子樂來製造長高的假象來騙自己外，他開始啃手指甲。「雞掰恭」早也啃、晚也啃，只要身高一日不長進，這個啃指甲的壞習慣就無法戒除。「雞掰恭」雙手的指甲到底被啃得多嚴重？他曾在撫摸援交妹的大腿時，將援交妹那雙鑲了施華洛世奇水晶的高級絲襪給勾出一堆蜘蛛絲，結果「雞掰恭」不但沒援助到那個美眉，還因此被踹下床，唉！嚴重哪！因爲矮，交不到女朋友已經夠慘了，冒險花錢嫖妓居然還被拒絕，你說，他的人生還有什麼希望可言？就在他絕望想輕生之際，他老爸的一句話點醒了他：「雞掰恭，既然女人不喜歡你爛爛的手指甲，而你又戒不了這個習慣，那你不會改啃腳趾甲啊？你該不會用腳趾去摸人家吧？」對呀！這麼簡單的方法他怎麼沒想到咧！因爲阿爸簡單的一句話，「雞掰恭」重新燃起了生存意志，他開始嘗試啃腳趾甲。

一開始，筋骨僵硬又腿短的「雞掰恭」就嘗到了苦頭，你看他那個樣子，還啃腳趾甲咧，就算想隔空看看腳底板上面的香港腳水泡都會痛苦得掉眼淚。這實在太難了，若換做是我，早就拿把菜刀把腳砍下來了，誰有那種耐性呀！可是「雞掰恭」不一樣，他不想再被穿著玻璃絲襪的援交妹踹下床，他拚命也要縮短口腔與腳趾之間的距離。很快地，他有了第一階段的成果，相信嗎？「雞掰恭」居然可以舔到自己的腳趾了！耶！雖然「舔」跟「啃」仍舊有著極大的差異，但是這對於「雞掰恭」本人來說已經是一劑大象級的強心針了。

因爲「雞掰恭」的毅力與求好心切，他的腳底跟地面接觸的時間越來越少，除了吃飯，他大部分的時間都是關在房裡，張著猛流口水的嘴抱著大腿在地上扭動。這還眞是一種自殘性的魔鬼訓練。一年過去，兩年過去，身子骨越來越柔軟的「雞掰恭」，現在終於可以輕鬆地啃到了自己的腳趾甲了，而且不論是初階的正腳啃、反腳啃、側腳啃，或進階的兩腳同時啃、單腳繞過脖子啃、雙腳交叉繞過脖子啃，都不是問題。（雖然最後這項難度頗高，他也曾因爲抽筋，無法將交叉掛在脖子上的雙腿取下而在房裡餓了三天三夜，但那畢竟只是偶爾！）就這樣「雞掰恭」只花了兩年就無師自通地練成了瑜珈術，現在的他，別說是啃腳趾甲了，只要他高興，這老兄甚至可以輕鬆擺出那種只有全身骨折的人才有可能做出的姿勢，然後用柔軟的嘴接觸到他身體的任何一個部位。從此，「雞掰恭」不再需要咬自己的指甲，也不在意自己是高還是矮，更令人意外的是他已經完全不需要援交妹或任何異性來解決一些難以啓齒的問題了，因爲他已經練就到不需要別人幫忙了。親愛的讀者，這就是「自我滿足瑜珈術」的由來。

呼呼！好可惜各位無緣親眼看到他表演，喔！那還眞是神乎其技呢。

喜賀

上方照片由右至左分別為「毛毛同學」、「鐵雞扒」還有「雞掰恭」，各位若能花點時間將「雞掰恭」的學生照跟近照比對，可以發現他的下巴不再歪斜，鼻子也堅挺了，耳朵大小也相同了，神奇吧！下巴部份是他前年做牙齦重建手術時，醫生切除部分骨頭所得來的意外收穫，鼻樑及大小耳則是整形醫生去年的傑作，有了自信的他，已經可以坦然面對那段不堪回首的童年，「雞掰恭」，加油！

根據我上網查詢的結果顯示，瑜珈術其實為古印度哲學的一派，他們所追求的就是肉體的協調與靈魂的解脫。簡單地說，就是只要身心靈和諧，人們就可以快樂的生活，直到你活膩為止。這些資料中最讓我感到意外的是，這瑜珈居然還有分門派喔！你們瞧瞧，瑜珈的主要體系包括：哈他瑜珈、八支分法瑜珈、智瑜珈，此外還有實踐瑜珈和愛的服務瑜珈等等（我相信「雞掰恭」之前練的就是愛的服務瑜珈，瑪丹娜練的應該也是。）

據說很多人練了瑜珈之後，身材變苗條了，精神變好了，不但整個人顯得神清氣爽，就連大便都比平常多出不少！我更聽說已婚人士練瑜珈有助增進夫妻情感，未婚人士練瑜珈更可美容養生招桃花。說真的，不管是大便的份量還是已婚人士那部份我都相信，但對於未婚人士可招桃花我個人就百思不解，想想嘛！有誰會對一個沒事就趴在地上拿腿繞脖子，或者動不動就下腰把頭往鼠蹊部夾的人，產生愛慕之心？

不良品之偶像

最近只要打開電視機就會發現一堆重出江湖的老牌偶像在螢光幕出現，他們唱著曾經紅極一時的歌曲，跳著曾經引領潮流的舞步。這些畫面，不禁讓我的思緒跌入時間的洪流，令我想起一些跟八〇年代偶像有關的往事……

大約在十幾年前，B嫂、小豬、阿娟這三個手帕之交都還是宜蘭某專科的學生，有一次她們三人結伴到西門町逛街，走著走著……馬路居然被堵住了。原來是紅到不行的王傑跟那有可愛鬥雞眼的葉歡在街頭辦歌友會的活動。這三位少女，原本並非王傑歌迷，因爲無聊，所以就加入那一群由小胖妹所組成的尖叫隊伍，看看能不能弄點免費的紀念品或什麼好康，不料這時王傑突然走下台跟每位歌迷握手……開玩笑，現場的狀況豈是瘋狂二字所能形容！王傑這麼握著握著就握到了B嫂，握完B嫂換阿娟……但誰都沒料到，當輪到小豬時，王傑苦著那張招牌臉說話了：「胖美眉，該減肥囉！」這傑哥是八月天穿皮衣熱昏頭了嗎？難道不知道在大庭廣眾下說一個少女「肥」可是會送命的！果然，當場小豬就翻臉了，但是因爲人潮實在太多，怒火中燒的小豬粉拳還沒揮出就被其他的胖妹給擠了出去……從那天起，原本只是平凡專科生的小豬就正式加入了追星族……不過請注意，小豬追的方式不太一樣，別人是追著王傑說：「我愛你！」她則是瘋狂地追著王傑報仇。根據B嫂可靠的回憶指出，少女小豬在短短的三個月內就夥同男友在台北、宜蘭兩地痛扁了至少六個外表很像王傑的水電工。咦？怎麼會打錯人？原來當時有許多年輕人都會把自己打扮得很王傑，這六個倒楣的水電工除了留長髮、穿皮衣、騎越野摩托車外，好死不死都跟王傑一樣有張苦苦的水電臉（水電臉，顧名思義就是水電工的臉！）

在當時，還有一些迷哥迷姊喜歡比較另類的偶像，我那住在金山的同學阿黨，他迷戀的偶像就屬於鄉土氣息較重的鄉村歌手，好比說額頭大到離譜的王×傑、卸妝後會嚇死人的黃×玲、還有什麼袁小迪、林美美之類的。除了迷戀這些單打獨鬥的台語偶像，我還記得有一陣子他還瘋狂迷戀那種男女大對唱的雙人組合，其中又以唱紅「福氣啦！」這首歌的「高向鵬v.s.方怡萍」，這對台語歌壇的金童玉女最受他喜愛，當年他接受我們這群好友質疑時，做了以下的答辯：「你們不覺得高向鵬很有實力嗎？方怡萍的半屏山髮型及豪華穿著也很特殊呀？或許他們不好看，可是他們醜得很天然，醜得很實際。」廢話，有人醜得很人工，醜得很夢幻嗎？被我們吐槽吐到無力招架的阿黨，實在受不了這股輿論的壓力，爲了在團體中生存，他轉移目標開始迷戀女子樂團。各位還記得「宏星特攻隊」這個團體嗎？就是由一堆很像洗頭妹拿著電吉他所組成的台妹樂團！阿黨哈她們哈到不行，不但那捲〈阿吉仔去做兵〉的錄音帶聽到斷掉好幾捲，就連根本扯不上關係的宏星加味姑嫂丸、宏星人參大雄丸，他都很捧場地買一堆回家呢！

八〇年代初期〈楚留香〉一劇轟動全台，當時整個台灣隨處可見該劇男主角彈指神功的威力，那陣子可說是台灣人有史以來鼻腔清潔工作做得最徹底的一段黃金時期。因爲流行，所以彈指神功是一定要學的，但更嚴重的是如果因爲忙著練功而一時疏忽不小心漏看了其中一集，我告訴你……別說是社交或擇偶會出現障礙，就連自己的親人都會瞧不起你。而當時我國一的導師「紅龜粿」女士就特別針對這股造成島內動亂的「楚留香熱」，訂了嚴酷的班規：「任意抛射鼻腔廢棄物者罰一百元，並送訓導處依校規處分」，哇！這可把大家嚇壞了！

雖然別班的導師也禁止自己班上同學出現這些行爲，但頂多是口頭訓誡，不像「紅龜粿」抓得嚴、罰得兇。因此只要一看到她出現，我們就會乖乖把指尖上蓄勢待發的小丸子塞回原處……可是就在某天，我跟「粗勇A」居然不小心見識到了紅龜粿老師另一面不爲人知的神祕世界。事情是發生在某天放學後，「粗勇A」在回家的路上跟我說他把東西忘在教室，要我陪他一起回學校拿。學校放學後，除了A段班那些未來的李遠哲還被關在教室K書，其他的教室是絕對不會有人逗留的。但是當我跟「粗勇A」經過無人的長廊朝自己教室前進時，居然隱約地聽到有女人歌唱的聲音，時而淒厲時而高亢。不會吧，女生班並不在這棟大樓呀！難道，難道有女鬼出現？我們越聽越毛，而且越接近本班教室，歌聲也越恐怖；直到我們鼓起勇氣猛然踹開教室門！真相揭曉，我們看到了一隻滿臉皺紋還浮現紅暈的無毛老海鷗站在講台前，左右手交替地擺出橫向轉動的V字手勢，還邊用歌仔戲的腔調唱著：「揮向你～揮向偶，海鷗海鷗～海天深處～熱油油～」天哪！一向嚴禁學生崇拜偶像的「紅龜粿」居然偷偷在學金瑞瑤！當時現場氣氛隨著我們破門而凝結，但我跟「粗勇A」實在受不了這個畫面，馬上帶著狂飆而出的笑聲轉身逃離現場，只留下單腳站立，一臉錯愕的紅龜粿，以及她停留在半空中的V字手勢。（事發後沒多久，「紅龜粿」女士就提前退休了。唉！何必呢，這麼老了，臉皮還那麼薄！）

不良品之輩友

現在的人實在有夠幸福，不論你是想交異性朋友還是活膩了想擇偶，反正只要你想，動動手指上影音聊天室或撥個交友熱線互傳大頭貼，一旦看對眼，兩個完全不相干的人就可以輕鬆在一起做點什麼事了，這簡直比路邊那些得先聞個老半天的流浪狗更省時方便……

過去那個年代的人就沒這麼好命了，還記得那時交的朋友，不是同學就是鄰居，都是屬於封閉型的強制性友誼，完全沒有自主選擇的空間，所以除非你不斷地轉學或搬家，否則你永遠別想跳出那個圈圈……這眞的很可怕！人的一生就這麼短短幾十年，如果這輩子交往的對象都是這些老面孔，膩不膩呀？我念國中時就常常想：「住在台北盆地以外的女生是不是也跟隔壁王伯伯的女兒一樣，胸前有包子？腋下會不會像學校的女老師一樣長黑黑的髮菜？」諸如此類的白癡問題，不斷在心中浮現。這實在不能怪我沒知識，因爲我的交友範圍一直無法突破台北盆地，所以外地人對我來說等同於外星人。

這眞的很糟糕，幸好這種智障的現象隨著一本雜誌的出現有了轉機，這本雜誌好像叫做《愛情××燈》，書是我老姊的。印象中它不太厚，紙質也不佳，但裡面的內容倒是讓青澀的我開了眼界。它有固定專欄解答各種情愛方面的問題，所以我瞭解到同性相斥異性相吸的道理，此外，它還有生理知識解答，因此我也知道了什麼是「大姨媽」、「白帶魚」跟「打手槍」，最重要的是，這本雜誌裡還有著眾少男少女都夢寐以求的「交友資訊」。就是提供一堆孤男寡女的基本資料讓人交筆友！還記得當時我就利用這本雜誌交了生平第一個筆友，也是此生最後的一個筆友……

那天，我興奮地翻開雜誌，一個一個仔細挑選，裡面有台北的、花東的、高屏的……最猛的是連馬來西亞、新加坡、香港甚至北美、墨西哥的都有。雖然有這麼多的資料供參考，但這些沒有提供照片的女孩們相似度實在太高了，一時之間還眞不知該怎麼下手。瞧～「賈珍晶」，興趣：看海；「李倩菱」，興趣：看海；「盧姬珍」，興趣：看海；咦？十個女生當中至少有九個半會在興趣那一欄塡上「看海」，我眞搞不懂爲什麼在那個年代裡，看海會成爲眾少女們共同的興趣？看流星雨不好嗎？逛百貨公司不好嗎？難道對著海一直看就可以交到男朋友嗎？這讓我越看越霧煞煞，正當我徬徨失措，無助得想祈求上蒼時，眼睛突然亮了起來……

姓名：林瑙詩　綽號：小蘋果、長腿妹
居住地：台南　年齡：十五歲
身高：一百四十六公分
興趣：看海、聽海、在海邊漫步
特徵：皮膚白皙、飄逸的自然捲
　長相清秀、大眼睛、長腿
希望與全國身高一百七十公分以上、外型俊帥斯文的男士爲友……

這是當時「林瑙詩」在雜誌上所留下的個人資料，這個讀起來有點繞舌的名字裡面融合了瑪瑙與詩詞，綽號還是小蘋果喔，雖然她也把看海當成興趣讓我覺得有點俗，不過我一看到她形容自己的外貌清秀及大眼睛，頭髮自然捲還有長腿、白皮膚……喔！受不了了，管他俗不俗，就是她了！快寫信，快寫信：「你好，我是住在台北的B，我今年十五歲，身高一七五，是籃球校隊，喜歡沉思，有人說我的外表長得像東方的安東尼昆，我自己也這麼覺得，希望有幸能與你一起去看流星雨，逛一逛榮星花園，期待你的回信！」好啦！我承認我把自己寫得有一點誇張，可是發呆也算是一種沉思嘛，至於安東尼昆是誰？當時我哪知呀！這招是老哥教我的，他說把自己的外表形容成外國明星可以替自己加分。（後來我才知道安東尼昆是演鐘樓怪人的那個傢伙，按陰陽咧……我老哥耍我！）

很快地，我收到了一封帶著濃濃花香的限時專送粉紅色信箋，我迫不及待地拆信。哇！信紙還摺花式的咧（請注意，前幾年流行用廣告紙摺來放在神桌上的那種「3D立體紙鳳梨」就是由花式信紙摺法所演變而來的）！太好了，「林瑙詩」她願意跟我交往耶！於是我們開始瘋狂地通信，大概寫了五、六封後，我對她有了更進一步的認識，例如說九頭身的她臉蛋紅紅的像小蘋果、兩腿又長又直像茭白筍、頭髮烏黑亮麗又輕柔等等；因爲這些瞭解，我體內激射的荷爾蒙開始要求跟她見面。剛開始她推託，後來則是婉拒，反正理由脫不了什麼功課忙啦！父母管得嚴啦之類的理由。啊～我很瞭解啦！書上都有說漂亮的女孩比較矜持，沒關係！越是拒絕，我的決心越是堅定！終於，有一天我跳上火車，突然殺到她家門口去堵她！

叮咚叮咚！門開了：「你，你素台北的B？偶素小蘋狗啦！你怎麼熊熊跑來了咧？」我怎麼來了？該死！我也不知道我怎麼來了，我只知道本人既沒看到蘋果也沒看到狗，只看到一顆大南瓜，怪不得她不敢跟我見面。而且「長腿妹」這個綽號是指她的大腿長度，注意！只有大腿長而已！膝蓋跟腳踝的距離卻近到一種不可思議的境界，那號稱皎潔無瑕的月光小腿竟只有一小截。最離譜的是，她信上所提到那烏黑亮麗又輕柔的自然捲，居然是類似洗鍋刷、科學麵的那種米粉鋼絲雷鬼頭。天哪！她爲什麼不用「多昏洗髮精」來擺脫那該死的鋼絲頭呢？我徹底被騙了，我該怎麼辦？我想我也只能跪在地上對著天空吶喊：「上帝！難道你造人的時候就不能專心一點嗎？」

自從那次「驚人」的見面後，我們很有默契地不再通信了。關於這點一直讓我耿耿於懷，我不寫信不完全是嫌她醜，最主要還是因爲她太愛唬爛……可是她不寫給我是什麼意思？難道我比安東尼昆還像鐘樓怪人嗎？

不良品的故事
我還是半成品
你怎麼就叫我
去投胎呀？
少囉嗦，沒看
到我在忙呀！

這兩個人還
真像呀～

上面那張相片是在網路上找到安東尼昆一九五七年的〈鐘樓怪人〉電影劇照。

下圖是作者本人七年前的玉照，從那清新可人的表情，以及充滿時尚的裝扮可以清楚地知道，這是一張相當特別的照片，為什麼會有這麼一張跟〈鐘樓怪人〉很像的照片呢？那是因為當時作者工作不順利，很想改行當視覺系藝人，於是這張照片就經由「文具女王」凱西之手，給它誕生了！

天哪～長這樣
你還敢嫌別人
醜！
你給我管～

不良品之狀況外

昨天發生了一件狀況外的事，早上送兒子上學後，順道去便利商店買了「伯懶曼特寧咖啡」以及《蘋果日報》，結帳時我將這些東西先放在櫃檯，然後就伸手到褲袋掏錢，付好帳拿了東西走出店外數十公尺，赫然發現原本夾在報紙中的「伯懶曼特寧」居然變成了NOKIA3310手機，我的《蘋果日報》也變成了天天送轎車的《豬油日報》。再繞回店裡，店員也搞不清楚發生了什麼事，於是我意外地多了一隻粉紅色娘娘腔3310，而且超過二十四小時都沒人打電話來問。就在剛剛，它嗶的一聲，沒電了！會不會這手機的主人壓根沒發覺這件事？該不會他現在還拿著我那罐「伯懶咖啡」在喂喂喂：「奇怪！怎麼都打不通？」如果真是這樣，那這位仁兄還真是有夠狀況外呀！

我有時也會狀況外，像擦屁股一不小心擦破衛生紙沾到手，明知手指不會是香的，但還是會很慣性地舉起手來聞……發生這種事情真糟糕，不過幸好我常便祕，弄破紙的機會不那麼頻繁。我的同學「鳳梨頭」就沒這麼幸運了，他是那種一輩子都活在狀況外的傢伙，並且是那個圈子的佼佼者。譬如他搭火車回苗栗老家，這本來是很單純的事情，但他就有本事到高雄六合夜市吃完土魠魚羹後，才發現自己坐過站，但發人省思的是，他沿途並沒有睡著，而且土魠魚羹還吃了兩碗。他更有本事坐在午後的國父紀念館草坪閉目沉思，然後再睜開眼看到隔天的日出，並且還有老人穿全套運動服穿黑襪配白皮鞋在旁邊慢跑。他最厲害的是能跟同學坐在麥當勞從中午十二點聊到下午五點，而這同學早在下午一點就吃完麥香雞回家蹲馬桶了，「鳳梨頭」卻還抓著薯條一直在聊，他到底在跟誰聊？這種感覺好像他已經超脫了這個俗世，這眞的很詭異，可是，以上這些也只能算是普通級的狀況外，接下來這個狀況才叫厲害。

十多年前，我還在念高中，某一天，我跟同學「鐵雞扒」、「油水忠」、「鳳梨頭」一起結伴去偷割書。爲什麼要偷割書？因爲當時我們這些窮學生沒錢買印刷精美的原版美術書籍，所以都是用快乾膠將美工刀片黏在手指上來偷割我們需要的資料。那天我跟其他兩個同學很快地就在學校對面的書店取得了上課所需的東西並步出店外，唯獨動作慢的「鳳梨頭」不知何故陷入了一陣迷惘，割書割到一半突然開始抓頭，更糟糕的是這時老闆已經像夢遺大師般無聲無息地站在他面前……

糗了！「鳳梨頭」被抓就算了，誰要他父母給他生個蔡頭加王建傑的臉還外加一粒五元銅板大小的帶毛黑痣在額頭中間，可是我們不一樣呀！還有好多美眉等著我們攜手去創造美麗人生，要是「鳳梨頭」把我們供出來，那我下半輩子豈不是要蹲在牢裡跟一堆不認識的大哥哥玩指揮艇組合？想著想著我的頭皮開始發麻，連尾椎凹陷處都有點隱隱作痛，爲了不想將來的感情世界只對男性有反應，我們決定棄「鳳梨頭」遠去。

不過人心總歸是肉做的，我們並沒有跑到阿拉斯加或剛果，那太沒道義，而且我們的錢也不夠，巷口牆角的甜不辣攤算是一個不錯的距離，如果「鳳梨頭」平安脫身我們可以假裝不知情在吃甜不辣，並邀他來付帳，如果他被扭送警局，我們也有時間攔車去雷子文那裡先把屁眼縫起來保住貞操，總之這個節骨眼跟他保持一點距離是錯不了的。過了不一會兒，我們看到鳳梨頭滿臉鮮血地從巷子那頭孤獨地走過來，完了！見紅了～我的腦海中立即浮現出一幅兩個全裸男人在鐵窗裡擺出H型姿態的恐怖圖像……而且最慘的是其中一個還是我。

「鳳梨頭～書店老闆是不是對你刑求？你招了沒？你這沒用的傢伙，快說呀！」在我逼問的同時，「油水忠」跟「鐵雞扒」已經在問計程車司機知不知道雷子文的診所要怎麼走了。容我先打個岔……這一說到雷子文，我就不得不跟各位解說爲什麼要提到他，要知道雷子文先生，早年是國內首屈一指的肛門直腸外科權威，舉凡內痔、外痔、各種肛病及人工造口、肛型整容……找他準沒錯。（只不過那是當年，現在雷先生早已不在人世～眞是可惜喔。）

介紹完雷先生，我必須把場景再拉回到與「鳳梨頭」的對話上：「事到如今，你居然還這麼鎮定，說！你是不是爲了自保轉做污點證人？」只見「鳳梨頭」一臉茫然：「什麼刑求？什麼污點證人？根本沒人抓我呀？」怎麼可能？「鳳梨頭」沒被抓，也沒被刑求，更沒轉做污點證人？那他臉上的血是怎麼回事？難道天上無端掉下一塊用過的好自在，並且還是夜用型的嗎？這太巧了，我不信！

這時「油水忠」已經問到診所的地址，而且還未雨綢繆地先在隔壁唱片行買了一捲張國榮的〈拒絕再玩〉專輯，然後也加入了拷問的行列：「還說沒有，你剛剛不是被老闆活逮嗎？」「鳳梨頭」回答：「哪有？我剛剛割書割到一半突然頭很癢就抓頭，抓一抓老闆就很緊張跑來叫我快去醫院呀！他什麼也沒問……」「鐵雞扒」不信：「那你臉上的血是哪來的？別告訴我是女超人的大姨媽來，而她正好從你頭上飛過……」「鳳梨頭」一臉茫然：「血？我有流血嗎？啊！我眞的有流血耶！」接著他就倒在血泊中……

不會吧！流了滿臉鮮血卻到現在才發現？過了幾分鐘，「鳳梨頭」勉強支起上半身，用右手從書包掏出衛生紙準備擦血。我們在他手指上發現了一樣閃閃動人的東西，然後我們就完全明白爲何「鳳梨頭」抓完頭之後，書店老闆要叫他快去醫院，也完全明白他爲何滿臉鮮血，更清楚地知道他到底有多麼狀況外……嚇！這傢伙簡直就是植物人……他居然用黏了刀片的那隻手去抓頭！

＊ B02說：「這是一堆爛人。」 ＊

不良品之整型後遺症

在現今這個社會外表很是重要，長得美的人不管在工作、擇偶、交際，或任何一方面都會比長相抱歉的人來得美滿又順利，別的不講，光是走在路上碰到發面紙的都能比別人多拿好幾包……

當然，長相無法靠自己控制，因爲美與醜都是父母遺傳給我們的，這是一種因果。就像白天吃了麻辣鍋，晚上嗯出來的東西當然就不會太漂亮！這就像沒事去高空彈跳，胸部自然就會跟肚臍靠很近！所以要扭轉這種外在局勢，愼選父母才是根本之計。然而誰都知道這條路是行不通的，我這麼說不是因爲你長大了塞不回去，而是烏鴉雖醜尙知反哺、羔羊雖呆也都知道跪乳，父母對我們有養育之恩，豈能爲了外在而任意更換？所以說要改善外表唯一的途徑就只有求助整型了！

因爲想整型的人越來越多，所以現在的整型行業也越來越競爭，競爭到什麼程度？以往的醫生不是都不建議民眾做整型的對不對？現在則是醫生主動提醒你，你那張老臉該磨令股了！所以像那種有點醜又不太醜的人去拔牙，牙醫就會問：「要不要裝個牙套呀？」而那種醜到有點讓人生氣的去看香港腳，皮膚科醫生通常會建議：「做個拉皮手術或打個雷射什麼的吧！」至於醜得有點讓人睜不開眼的去割痔瘡，醫生便會問：「要不要順便把頸部以上一併切除咧？有打折喔！」然而像那種還沒看到醫生就讓護士小姐吐滿地的人……像這種人應該就聽不到醫生的建議了，因爲護士會直接把他從二十層樓推下去，幫助他結束這痛苦而短暫的一生。

以上這些現象絕對不是因爲台灣的醜人增加或審美觀提升了，而是因爲當下復古風盛行。怎麼說是復古風呢？根據一份醜人在台協會所提供的資料指出，其實這股整型風潮早在幾十年前就已經在台灣流行過了！像我們走在路上就經常可以看到一些明明沒有血緣，但長得卻很像雙胞胎的歐巴桑，她們有相同的下巴、相同的鼻子、相同的眼睛……她們爲何這麼相像？那就是因爲她們用相同的材料做了相同程度的整型。這些同一個模子壓出來的矽膠歐巴桑潛伏在各行各業甚至你身邊，我就常常因爲這樣而認錯人，有一次甚至還把我同學的老母誤認成板橋某間阿公店的高齡陪酒阿姨而被趕出門。

我不知道這些歐巴桑後不後悔當初趕流行做了這樣的手術，不過整型後與人撞臉的機率無庸置疑是很高的，因此就算後悔也毫不令人意外。好比說我有個身體不胖但臉卻很膨皮的女性朋友叫「麥克風」，前陣子「麥克風」爲了趕這股風潮跑去做臉部抽脂，結果回家後打開電視看到做同樣手術的蔡依林，當下又找醫生再把脂肪灌回去。先不管「麥克風」她爲何一看過手術後的蔡依林便心生悔意，重要的是當初抽出來的這些脂肪並不能入菜也不能拿來做肥皂，所以醫生是不會幫她保留的！那她要抽哪裡的脂肪來回塡呢？喔！絕對不是胸部，拜託～都快內凹了哪來的脂肪可以抽？當然是用她自己屁股上的咩！所以當她每次嗯嗯完後都會不由自主地順便擦擦嘴，我想，這算是一種後遺症吧。

我還有一個朋友叫「亨利叔叔」，他跟我差

不多年紀但頭頂已經禿得不像話，不但去看電影的時候門口收票的小姐會要求他戴上帽子再入場，就連去逛夜市經過射汽球的攤子，光滑的頭殼都常會莫名其妙地挨鏢！坦白說，像這樣的人，如果不想辦法弄出點頭髮來，其實也很難有感情生活，所以他多年來一直孤家寡人……唉！可憐喔。雖然這些年來感情世界一片空白，唯一跟他保持親密互動的只有他的右手，不過俗話說得好：世事難料呀！知道嗎？幾年前事情開始有了急遽的變化，「亨利」居然愛上公司裡的一位會計！據他形容這女子雖不年輕，但充滿東方古典美，柳眉、鳳眼、瓜子臉，尤其那長長的馬尾，甩來甩去讓他看了春心蕩漾，他不計一切代價要追到她！

你也知道男人一旦開始動心，連狗屎都敢吃，於是亨利叔叔吃了，他吃了比狗屎更令男人卻步的生髮藥。對了！你說得沒錯，治療雄性禿的藥是會讓男人的那話兒抬不起頭來，換做我，我寧願吃狗屎。但是，愛情的力量就是這麼厲害，被愛神的箭射中的「亨利」一吃就吃了幾個月。幾個月後，鵝鑾鼻的燈塔亮了，嘉南平原的二期稻作結穗了，宜蘭三星的將軍梨成熟了！我的天，亨利叔叔的頭髮居然也長出來了！雖然稀稀疏疏看得到青青的頭皮，但也算是整型成功了吧！就算不是，也至少足夠他追小姐用了。於是他開始行動，他示愛、他邀約、他，他終於追到了！花前月下他們十指交勾，垂柳湖畔他們兩舌交纏，他們進展很快，一個禮拜後，亨利叔叔跑來告訴我，他已經受不了煎熬，準備在今晚突破彼此最後的一道防線。

雖然我很擔心他吃了這種生髮藥後小弟弟能否表現良好，但我仍期待會有奇蹟出現。果然，隔天跟他見面時他愁眉不展。我問他怎麼了，是不是傳說中的那個問題浮上了檯面？「亨利」點點頭後，又搖搖頭。我再仔細追問後，他才說出實情：「你知道嗎？其實一開始我是有一點點反應的，眞的！可是就在我們準備要，要更衣的時候，她的馬尾突然鬆開了，她那上揚的鳳眼當場就變成了帶衰八字眼，臉上的皮掉下來時還抖了兩下，然後我就再也提不起勁了……」媽媽咪呀，原來這位小姐是靠綁馬尾來拉皮！還眞是克勤克儉整型DIY呀！不過話說回來，勤儉也是一種美德，當下我便勸「亨利」，一個好對象不是那麼容易找，不是每個人都能被天上掉下來的禮物砸到的，不如你出錢讓她去打肉毒桿菌，既稱你的心，又如她的意。

果然，沒過幾天「亨利」眞的帶她去打了，據側面消息指出，這位小姐打完肉毒桿菌後臉上的皮膚緊繃的呦，何只是鳳眼，連眼皮都快睜不開了，看來效果不錯！我聽到這消息後，立即打電話給「亨利」道賀：「亨利，這下子最後那道防線總該破了吧？對不對？呵呵呵！我就知道！恭喜恭喜……」電話那頭，「亨利」嘆氣說：「恭個屁呀！別提了，那天我把她衣服脫了，才發現原來肉毒桿菌只打臉是不夠的，你吃過大茂黑瓜嗎？他的身材好比大茂黑瓜……」我的天，大茂黑瓜？這還眞是人間悲劇呀！那我該不該勸「亨利」再花一筆大錢帶她去整一整呢？不不不，我得再好好想想……畢竟這種建議對「亨利」的存款是一種考驗，更是對於現今整型醫學的一種ㄉ難！

你說你是餛飩？
這怎麼可能？
他真的是餛飩！
他去拉過皮了~

不良品之人緣

只要是人都愛許願，有人會拿香對著土地公說希望能事業成功賺大錢；也有人會對著烏龜殼或水晶球說保佑自己紅鸞星動，儘快找到另一半；更有人拿著十字架貪心地乞求上帝讓自己心想事成，萬事如意……

不管是事業不順、感情空白，還是想要有求必應，要實現這些願望其實不難，不過前提是你必須要有好人緣。因爲人緣就像一種介質、一種助力，如果少了它，其他的因素就無法連貫甚至產生作用，所以說如果你沒有好人緣，那你許願就跟放屁一樣放放就好，別太認眞。可是如果你人緣不錯，恭喜你，願望實現的機率立即暴增到五〇扒線！說實在是算高的了，這比起你在一堆阿富汗人面前高喊「布希我愛你」的存活率要高得多，更比你所崇拜的偶像收了你禮物後還會記得你是誰的機率高更多，所以只要外在環境的改變、自身心態的調整、神蹟的出現，再配合好人緣，你許下的這個願望就有實現的可能。

那到底怎樣才算好人緣？要知道人緣是由三要素所構成的：外貌、個性和財力，這三項各佔百分比三三・三三三，所以如果你想要有好人緣，這三要素中你至少要具備兩項而且還是滿分才算合格。好比說A的外貌長得超美而且個性又溫順，多美？美到ＳＫII賺不到她的錢，美到盤子裡的義大利麵都會站起來，美到魔鏡都會自動裂開還流鼻血……多溫？溫順到就算你給她迴旋踢外加屁眼抹辣椒塞鞭炮也不會翻臉，這樣的溫馴美女哪怕一貧如洗，三餐跟狗搶，告訴你，她人緣還是會不錯的，因為她擁有兩個滿分，這樣的人就有資格許願。

又好比說B長得很醜，他的外貌是阿姑和蔡頭再加王建傑與孫淑媚的合體，而你每次看到他都會做嘔，可是因為他又「凱」又夠意思，「凱」到請你吃魚翅都只吃白令海峽的象鮫翅，而且只吃尖端五公分那一小片；夠意思到你去他家的黃金馬桶痾大便，五百坪大的廁所裡特別派兩百個大學畢業且受過救國團訓練的傭人，由他親自帶隊為你拍手，給你「愛的鼓勵」。這種人就算長得再醜，你還是會帶著微笑地跟他保持密切的聯絡。這是因為他擁有兩個滿分……理所當然這樣的人也有資格許願。

（你說什麼？有沒有人是三個滿分？拜託～三個滿分還需要許願嗎？他已經是神了好嗎！）

所以真正擁有好人緣的人，不可多得；那種三要素中一項也沒有的人很少，但是我的同學「鐵雄」就是。「鐵雄」從小家境清寒，爸爸每天酗酒、看彩虹頻道，媽媽用高雄的自來水做冰棒賺錢養活一家人，他本身功課不好、塌鼻、暴牙、下巴內縮還大小耳，人生最悲慘、不堪的條件都集於一身，換做是我可能早就咬舌自盡了，可是「鐵雄」連過馬路被車撞都沒辦法結束這可悲的一生，真慘……我想，可能是因為陰間也有最起碼的招生標準吧？

「鐵雄」全身一無是處，就連在班上也都被同學呼來喚去當成狗一般，不過值得慶幸的是當時他還算是條獵狗。舉凡班上同學抽菸、打架、作弊或在廁所看A書，「鐵雄」都會扮演一條忠心又機警的狗，盡忠職守地幫忙把風。「鐵雄」真的很厲害，每次只要老師、教官一出現，他便會躲在暗處以家傳的暗號發出警訊：

「來囉！來囉，好吃A草湖芋仔冰又勾來囉！有百香果、芋頭……」，校園內擔任把風職務的人何其多呀，但沒有一個能跟他比！因爲只要是由「鐵雄」嘴裡發出的警訊，可信度都高達百分之九十九，比氣象局預測天氣或經濟部預測景氣都準，這眞的很不容易，「鐵雄」終於找到一滴滴他存在的價值。不過這存在的價值並沒有一直跟著他……他百分之九十九的豐功偉業中唯一一次失誤是因爲雙眼長針眼，而在緊要關頭時，豐盈飽滿的針眼熟透爆裂……喔！像熱披薩上的軟起司，像剉冰上的煉乳……眼球完全被覆蓋了。

還記得那次脫了褲子躲在廁所的小兒痲痹同學「阿吉仔」，他連枴杖都忘了拿，就用八秒五跑完一百公尺還穿好褲子（看A書的就是他，這樣應該也算殘而不廢吧！）。「鐵雄」那粒跟腦下松果體差不多大小的自信心卻大受影響，不但視力開始模糊，連上廁所都還會撇到隔壁池。「鐵雄」無助地向上蒼祈求，他跪地，他哭泣……希望上帝能恢復他獵犬的身分，但很顯然的這結果印證了我之前的說法……願望並沒有實現。

就這樣他人生唯一的存在價值被消耗殆盡，從那天起別說是人緣，就連走在校園看到他，我們都還以爲他是別班的，最慘的是後來居然連畢業紀念冊都漏印了他的照片跟名字……所以他的眞實姓名我根本想不起來，至於「鐵雄」這個名字則是我另外幫他取的，你覺得像這種人緣三要素都掛零鴨蛋的人，我們叫他「鐵雄」如何？

我懷疑左邊這位就是「鐵雄」本尊，但說真的我無法確定，因為我實在對他的外表沒啥印象。這照片哪來的？這張照片是在我那一整箱舊照片中翻到的，也是裡面我唯一不認識而且絲毫沒印象的人，因此就他嫌疑最大，而且由照片中那相當欠扁的容貌及服裝看來，人緣這兩個字應該不會出現在他短暫的人生中。因此，不管這位老兄到底是不是「鐵雄」本人，從今天開始，「鐵雄」這個角色就由他扮演吧！

不良品之 神經大條

雖然我是A型天秤座的男子，不過我的神經卻很大條，到底有多大條呢？如果套用B嫂公式來換算，我的神經直徑約爲蒲燒鰻的四點七倍，士林香腸的三點二倍……

一般人如果知道自己的神經是這種尺寸，大多會當場崩潰，甚至需要終生接受心理復健及社工人員的悉心照料才能勉強度過殘生……而且健保還不給付。其實神經大條會有這種悲慘結局並不讓人意外；然而令週遭親友不解的是，我本人並沒有因爲罹患神經大條症而產生上述慘絕人寰的狀況，反倒是過得甘之如飴、輕鬆自在！爲什麼我能用如此樂觀進取的態度來面對這種足以摧毀美滿人生的病症呢？不，不是我看了什麼心靈派作家的雞湯芭樂書，也不是我接受了哪位法師的開釋，而是因爲我覺得日常生活中，神經大條症帶給我的正面影響大於負面，那種有如夢境般的後知後覺讓我的生活時時充滿令人驕傲的意外驚喜……

記得念小學時，我的胃口隨時隨地都處在飢餓狀態。有一天放學回家，看到姊姊的書桌上有一顆紅色的大酸梅，當場我的唾液狂噴，拿起這顆酸梅就往嘴裡塞。說到這紅色酸梅或許有些人不知道它的魅力所在，要知道紅色酸梅跟奶梅、話梅、烏梅、曾心梅是完全不同的東西，這種紅酸梅又鹹又酸，很少人直接吃，一般都是拿來做酸梅汁的原料，公館跟西門町的超有名老牌酸梅汁都是用這種紅色酸梅來打的。不過話說回來，一旦習慣了這種重口味酸梅，相信其他的酸梅你就會不屑一顧了，這種口味上的執著跟東西好不好吃無關，這道理就像你吃過了麻辣鍋再叫你吃桂花辣香腸相信你不會有任何感覺，就像你吃過大陸四川的陳年麻油豆腐乳再叫你舔狗屎你的眉頭也不會皺一下是一樣的……反正一旦習慣了紅酸梅的獨特口感，一般來說很難再對其他酸梅會產生興趣。

話說這紅酸梅入嘴之後，我發覺口感有點陌生，不鹹不酸又硬得讓牙齒發軟，但當時我也沒想那麼多，只覺得可能是日式新口味，就像菸有淡菸、酒有薄酒、可樂有健怡……沒什麼好奇怪的。雖然沒味道不好吃，不過我還是用牙齒慢慢地磨呀磨地把整顆吃完。結果等到姊姊放學回家，問我有沒有看到她放在桌上拿來畫跳房子遊戲用的磚塊時，我才知道原來我吃的不是酸梅……天哪！我居然把一顆跟酸梅長得很像的碎紅磚給硬生生吃了下去，卻渾然不知……天哪！蓋房子用的紅磚耶！你這輩子吃過這種東西嗎？沒有吧？看過別人吃嗎？也沒有吧？連金氏世界紀錄上都找不到這項咧～你看看，要不是我的神經夠大條，我哪有機會創下這種紀錄呀！啊！眞是感恩喔。

另一個難得的經驗就發生在最近，有一天大清早，我準備好飲料糧食，帶著我的手提電腦開車到我家對山的綠野香波社區去寫稿。這裡的地理位置很詭異，蜿蜒崎嶇的主要道路兩旁夾雜著錯綜複雜的聯絡小道，而這些聯絡小道大半因爲工程的中斷而廢棄，也就是說除了野狗外根本不會有人車進出，久而久之就成了草長樹高隱密性極佳的車床族寶地。別看這些寶地在白天有些雜亂淒涼，一旦入夜後可熱鬧了，嘿咻聲及衛生紙落地聲此起彼落，晚一點來的人都還要排隊咧！

雖然我已經將近半年多沒來過這裡，不過我還是依照慣例將車停到我習慣停的位置，然後打開電腦開始工作。過沒多久，一輛警車開過來，一名警察子下車示意要我打開車窗，他問：「先生，你還好嗎？沒事吧？」我回答：「有事呀！我在趕稿子！」他看我眞的在打電腦，也沒有多廢話轉身就走了。時間一分一秒地隨著鍵盤起落流逝，這時又有兩台警用摩托車騎了過來。這次我很自動地開窗把證件遞出去，並指了指電腦表示我在工作，一位胖警察看了看證件開口問：「先生，你還好嗎？沒事吧？」奇怪了，現在連國中小學教科書都開放了，怎麼警察値勤時的問話方式卻變成統一版本了咧？「我在工作呀！怎麼？你覺得有事做不好嗎！」胖警察探頭看了看車內，確定我沒胡謅，才又跨上野狼一二五離開。

短短幾個小時內被警察打斷兩次，實在很沮喪，這種沮喪就像你在醫院馬桶上奮鬥到一半，突然肛門直腸外科主任破門而入，只爲了問你一聲：「先生，你還好嗎……」

拜託，我又不是滿腹經綸、學富五車的大文豪或暢銷作家，被這樣一搞誰還寫得下去？就在我收起電腦，準備打道回府時，又有一輛警車來了……「先生，你還好嗎？沒事吧？」又來了！這次我決定要問個清楚：「警察杯杯，拜託一下，你們已經來第三次咧！我看起來像有事的樣子嗎？」這時，其中一位輪廓很深的原住民警察回答：「先生，沒事最好的啦，我們以爲你想不開要自殺的啦，這裡已經死掉好幾個的啦，都是接排氣管自殺的啦！長官要我們加強巡邏的啦～」另一位也開口了：「是呀，難道你都沒看到地上那些紙錢跟旁邊圍的警戒線嗎？好啦！既然沒有要自殺就快離開啦，這裡很邪門，我們也要閃了！」

這時，我才環顧四周，啊！我的神經還眞是大條，你瞧，雖然已經被風吹得斷裂，但還眞的圍著刑案現場的黃色膠帶，還有那滿地的紙錢灰燼……天哪～我居然在命案現場待了大半天，而且還是連續死了好幾個人的命案現場……這……這實在是太難得了，羨慕我吧！像這種可遇不可求的顫慄經驗，豈是你們這些心思細密、神經敏感的人能體驗得到的呢？難得，這經驗眞是太難得了……

＊ 神經大條的我與家人 ＊

不良品之 我愛馬桶

你算過自己蹲一次馬桶花了多少時間嗎？你這一生中有多少時間是在馬桶上度過？你與馬桶的互動良好嗎？你對馬桶的認識有多少？來吧！現在讓我們一起來關心一下這個跟飯碗同樣材質的好東西！

你知道市面上的馬桶到底分成幾種？有那種號稱只要輕輕按一下就能把死貓死狗沖進化糞池的強力馬桶，也有那種只聽得到啪啦啪啦屁聲卻聽不到嘩啦嘩啦沖水聲的無聲馬桶……但若眞要從使用者的角度區分馬桶的種類，基本上就只能分成坐式及蹲式這兩種了！相信很多人都已經習慣使用坐式馬桶了，別小看它喔！這種看似平凡的陶瓷便器對人類的排泄史所造成的影響絕對不小於福特T型車或蒸汽火車頭。那這種坐式馬桶它到底有多好呢？根據本人多年來的使用心得，好處容後敘。

傳統的蹲式馬桶對於田徑隊或自耕農這類腿力超強的人來說，是相當良好且可靠的盛糞器皿，但若是一般體弱多病的平民百姓就沒有辦法連續使用太久了！像我就曾經因爲蹲太久腿麻而一屁股栽在自己剛撇出的「提拉米蘇」上爬不起來；坐式馬桶則完全克服了這點，保證你撇再久也不會有「卡稱」碰到便便的危險。（警告：以上這項「安全保證」並不適用於有習慣採跨蹲姿勢在坐式馬桶上進行高空撇條的同胞！因爲已經告訴你那是坐式馬桶了，偏偏還要耍高空特技……摔死算活該的啦！）

我本人非常憧憬在午後的落地窗前啜飲一杯香醇的曼巴咖啡，以及蹲廁所時悠閒地著看書報雜誌。還記得以前用蹲式馬桶時，總是在全身一陣用力顫抖後不小心把報紙的下半截噴得溼答答。然而時代進步了，坐式馬桶的高科技碗公造型，輕鬆以十個滿分達成了我乾爽閱讀的願望！那種感覺就像是坐在巴黎香榭大道露天咖啡座上吃優格的義大利人，實在浪漫得沒話說！感謝坐式馬桶，它讓我天天乾爽好自在！

雖然有很多人都很懷念蹲老馬桶的古早味，但是白白的大屁屁暴露在大氣中的不安全感始終讓人無法專心便便，尤其在針孔攝影機氾濫的動盪時局裡，誰知道會不會因爲用了古早馬桶拉了條復古屎而變成偷窺光碟裡的主角咧？但新的坐式馬桶就不同了，它總是貼心的像情人懷抱般將你的屁屁緊緊包住，更重要的是它還能防止蚊蟲的叮咬，保證不會讓你柔嫩的桃子變成滿是疙瘩的苦瓜！（以上是針對一般尺寸的臀部所提出的保證，至於那種尺寸大到會把馬桶緊緊包住的重量級人士，很抱歉！請改用浴缸吧！）

說完這劃時代坐式馬桶的好處，各位讀者跟朝野各黨可能質疑：「難道傳統的蹲式老馬桶就這麼一無可取嗎？」呵呵～話也不是這麼說啦！其實傳統的，還是有它的好處，其中最經典的好處就是蹲著拉的，生產效率絕對比坐著拉來得高出許多，而且只要低一低頭馬上就能視察質地是否均匀、軟硬是否適中、氣味是否香甜芬芳、方向是否正確，綜合以上優點，蹲式馬桶理所當然比較容易拉出令人滿意的夢幻冰淇淋造型！不信？自己脫褲子試試看就知道囉！

* 科技與懷舊 *

PERFECT~
世上怎麼會有這麼完美的盛裝器皿?這一定是外星人發明的!
偶就是甲意古早味,嗨~來一首草蜢弄龜公來聽聽柳!
是弄雞公……

不良品之偷吃

你喜歡背著老婆或老公偷吃嗎？你知道偷吃被「抓包」的下場有多淒慘嗎？那你又知道喜歡偷吃的人最愛用哪些方式來替自己辯解呢？你說什麼，你說《小狗雜誌》每一期都會有知名人物婚外情的詳盡報導？喔～拜託！那些權貴名人的風流韻事，對於我們沒錢繳稅的平民百姓來說，一點眞實感都沒有，距離實在太遙遠啦！

怎樣的例子才叫眞實又勁爆呢？本人有個在台中開廣告設計公司、外表長得跟「邦喬飛」主唱一樣帥的高中同學，他給自己取了個外號叫「開罐器」。各位一定會覺得奇怪，既然是個「大帥鍋」，怎麼會取這種奇怪的綽號呢？說來氣人，還不就因爲他當年常在我們這些沒馬子的人面前炫耀，他說自己最大的本事就是把看上眼的「罐頭」統統給啵……啵……啵的戳破。這位開罐器同學說的是眞的，因爲他從學生時代起就風靡了不少小罐頭，而這些眞空充塡包裝的罐頭就這樣被他開過一罐換一罐，而且經常這罐才剛開還沒喝完，他就又再來一罐！

前兩年，這位熱中開罐的同學結婚了，對象不是在他公司當總機的俏麗女學生，也不是他那身材火辣、愛穿迷你裙的秘書小姐，竟然是在飛機上遇見的標致空姐！（我說「標致」的意思是形容這位空姐長得很漂亮，並不是說她長得像「標致汽車」ＬＯＧＯ上的那頭獅子。）但是，這位「開罐器」同學娶了美嬌娘後，本性依舊，還是偷偷在外拈花惹草，而這位空姐她的腦袋可沒有空空，經過一段時間，她開始察覺老公身上不時會冒出銅板大小的奇怪瘀青，而每次「開罐器」同學總會硬辯說：「什麼種草莓？這是那個工讀生小周用ＢＢ槍射的，小男生愛玩嘛！我也有射他呀！他被我射得更慘咧！」

ＢＢ槍射的？你信嗎？想當然耳，這位空姐也不信，於是她偷偷開車跟蹤，看看能不能查出點什麼端倪。經過了一段時間跟監，果然給她逮到了。躲在賓館外的空姐簡直不敢相信自己的眼睛，那個狐狸精不是別人，居然就是愛用ＢＢ槍跟自己老公互射的工讀生小周！霹靂，這眞是比八十歲的老阿公劈腿還霹靂！這兩位從賓館出來的男人該如何解釋？眞是有夠沒創意了，他還是說了之前那些老話：「我們又沒在幹麼，我們只是在裡面玩槍呀！」這次空姐相信了，我也相信了……

千萬別以爲這世上愛偷吃的只有男人，其實女人也差不多！就拿Ｂ嫂服務的某單位來說，女性婚外情也是有的！這家公司某某單位的公關祕書室裡，有位生了兩個孩子的老祕書，上班時間不但跟開公務車的已婚司機一起打情罵俏上網看色情圖片，看不過癮還利用午休時間一起躲在公務車上大玩ＤＩＳＣＯＶＥＲＹ的遊戲。這輛停在地下停車場的公務車，會在中午用餐時間劇烈搖晃，幾乎所有的同事都知道這些著名的「車震」事件，但到底有沒有被他們家人發現？並沒有！怎麼會這樣？原來這對狗男女很有一套，他們先讓彼此的另一半變成好朋友，假日時還常常故意攜家帶眷一起出遊，所以當一些流言傳到另一半的耳裡時，總是會出現這樣的回應：「啊！我們兩家本來感情就好，是你們太會幻想了啦！」

還有另一位叫做「阿雞」的已婚女雇員更扯，這位有紋眉的「阿雞」在外面交了不知道多少男朋友，而且很噁心的是，每個男朋友的暱稱都叫「老公」！所以每次跟不同的男人逛街不小心被同事碰到，或不同的男人打電話來被別人接到，她都可以大言不慚地說：「這是我『老公』！」這招眞的很厲害，就好像很多喜歡嘗鮮的男人都愛叫女友「寶貝」是一樣的招數！她最近懷了第三胎，因爲搞不清楚是自己老公，還是外面老公的種，於是她開始跟所有人說（包括她眞正的老公）：「我阿嬤的阿嬤曾經『跟過』荷蘭人喔，所以生下的小孩很可能會隔代遺傳像外國人；在台灣有很多人都是這樣的呢！」咦？以前怎麼沒聽說過她有這樣的血統呀？喔，原來這些老公裡，有幾個是在台灣教英語或在PUB裡搖鈴鼓的「阿朵仔」，難怪她要這麼說。可是，「阿雞」編的這個理由有一點讓我想不透，這一點就連她那個笨老公也都沒想透……「阿雞」她老爸是雲南人、老媽是上海人，誰來告訴我，荷蘭人什麼時候佔領過中國大陸呀？

開罐器同學在孩提時代還有另一個綽號叫淫魔，可想而知他在生理方面的需求有多大了。這是他在高中時留下的俊俏身影，不過針對這張照片本人還是有點意見，更…照相就照相，幹麻比YA？真低級！

這位大鍋鍋號稱開罐器，我是易開罐，不需要開罐器耶～

不良品之動物園

常有人問我：「B哥，你可不可以推薦一下，假日去哪裡玩最好？」坦白說，每次被問到這種問題總讓我覺得很尷尬，因爲通常我還沒考慮好要給什麼建議，發問的人就等不及自問自答說：「是到故宮博物院充電嗎？鶯歌老街喝茶嗎？還是到陽明山泡溫泉？」喔，拜託喔！都有網路書評家說我是沒內涵的典型五年級台客，我哪會那麼有氣質呀！其實我這個沒水準的外省籍台客，最想推薦各位去的地方是「動・物・園」！

誰說動物園是小朋友才能去，大人去也很好玩呀！交通便利，票價便宜，而且到處都有大大的垃圾桶可用（整個園區的垃圾桶數量大概已經超越全台北街頭垃圾桶的總和，所以丟垃圾時再也不必跑到便利商店看店員的臉色）最重要是可以跟很多可愛動物一起，爲短暫的人生留下甜美的回憶。像本人就有很多很多特別的「第一次」是在老圓山動物園裡發生的，比方說第一次尿褲子的校外教學、第一次跟馬子手牽手約會、第一次看到有人被動物K到昏過去……第一次看到像甘蔗一樣巨大的馬屌……總之我的人生中有許多美好又獨特的事是發生在這個充滿野獸騷味的地方，所以只要一有空，我就會常常一個人或帶著家人來報到。

前面提到的那些難忘經驗中，有一項是可遇而不可求的，那就是小學的時候親眼目睹遊客被動物用「便便」K到昏過去！千萬別小看這種目擊第一現場的經驗呦！這種經驗跟踩到狗屎或自己擦屁股時不小心把衛生紙弄破而把那種東西沾到手上的感覺大大不同～這種機會多難得呀！要知道全世界這麼多動物，會拿便便亂K的其實就只有三種而已，一是人類（現在大多數改K雞蛋）、一種是大象（其實大象K那種東西並不危險，因爲象鼻子的準頭不夠，但牠若是噴水就很恐怖了！跑都跑不掉），另一種就是力道超猛、準頭又夠的黑猩猩！

各位也知道當年的圓山動物園小得可憐，遊客跟獸籠之間的距離非常近，或許是經費問題，所以並沒有在黑猩猩的獸籠外加裝透明壓克力來防護。還記得當年黑猩猩手上抓了一坨不知道什麼東西就朝著籠外猛力一擲，怪怪，這個深咖啡色的物體便以每小時將近兩百公里的速度先穿過柵欄，再穿過我跟鄰居「小中中」的兩顆腦袋中間，然後「啪滋」一聲……命中一個女人的臉蛋（開什麼玩笑，就算是球速達一百五十八公里的「寺原隼人」也沒辦法將速度與準頭兼顧，黑猩猩眞是好樣！）。她的整張臉被便便完整覆蓋，並且應聲倒地，昏死過去，後來事情怎麼發展我並不清楚，因爲我跟「小中中」有被噴到一點點，所以急著找廁所去洗衣服。有了這次難得的經驗後，我眞的相信黑猩猩是我們人類的祖先了，那股刺鼻的味道跟人類還眞是有夠像。（如今的木柵動物園有加裝透明壓克力。）

到動物園除了玩樂，其實還可以學習到許多知識。以前我一直以爲，老虎和大象應該是跟獅子、斑馬、犀牛等動物一起關在非洲草原區，我去了許多次卻都沒看到；後來是一位金髮外國人，他用不太標準的國語跟我說明，我才恍然大悟，原來這兩種動物都是被關在熱帶雨林區。雨林區耶！那裡不是只有做皮箱皮鞋用的鱷魚和沒事老愛爬樹的樹蛙嗎？

爲了求證，我還特地打電話到動物園去，結果，得到一個殘酷到不行的答案：「牠們的棲息地本來就是在熱帶雨林……」天哪！之前我還以爲自己有多懂動物！既然電話也打了，洋相也出了，不如順便把以前在網路上找到一些跟動物有關的資料跟這位專業人員核對：「請問獅子一天可以交配五十次，豬的高潮可以持續三十分鐘，這件事是眞的嗎？」這位專業人士聽完我的問題，只對著聽筒哈哈哈地笑個不停，最後他喘著氣丟下一句話：「先生，這封MAIL我也收過……說眞的，你想太多了！」我，我想太多？我眞是個白癡！早該知道網路上的東西靠不住！

每次去動物園，我總愛在夜行館多逗留一下，因爲這裡終年涼爽舒適，尤其是走在看似平坦，其實並不平坦的凹陷地板，惑~就好像走在野外般，有股踏實感，而那些被關在玻璃櫃裡的動物就像阿姆斯特丹紅燈區的櫥窗女郎，裡面有長得很像豬毛刷的刺蝟、掛在樹上睡懶覺的懶猴，看起來跟一般家貓沒什麼兩樣的山貓、豹貓、截尾貓等等。在接近出口處的某個小玻璃櫃裡，有一種生物是最讓我感興趣的，相信嗎？每次我總是懷著虔誠且期待的心去看牠！那裡面關著一種叫肺魚的生物。

這種生物是全動物園裡最神祕的一種了，因爲這個玻璃櫃上方的說明燈箱上，清清楚楚地寫著「肺魚其實並不沒有肺」你看懂了嗎？這句話很明顯多了一個字或少了一個字，可是到底該是「肺魚其實並沒有肺」，還是「肺魚其實並不是沒有肺」？這個燈箱上的說明文字困擾我非常多年，我一直在等待他的正確答案！從木柵動物園開館的那一天起，我就一直在等這個答案，我很認眞地等，等那個遲來的肺……

不良品之小偷

本人有兩個孩子，所以帶孩子這種事我很有經驗，洗澡、餵飯、把屎、把尿……這些統統難不倒我……但是哄小孩睡覺就一直讓我很頭大，每天晚上他們就像是喝了「乎你旺」之類的提神飲料，怎麼也不肯乖乖睡，爲了讓他們能夠快速入睡，我跟B嫂開始熬夜上遍各大網站，找尋兒童催眠祕方……

經過一段時間的努力，總算讓我們查到兩種方法喔，一種是用黑橡膠製的大型榔頭敲擊頭部，另一種就是跟孩子們說睡前故事。說實話，我跟B嫂其實是比較偏愛榔頭的直接與高效率，但爲了晚年的生活著想，我們還是不得已地選擇了說故事，這種傳統方法：「從前從前有個叫做傑克的小男孩，他爬上了魔豆藤……偷了巨人的金雞母……傑克砍斷了藤……巨人摔死了……傑克跟他媽媽從此過著幸福快樂的日子……」故事說完了，他們睡了嗎？不，孩子們都張著嘴，傻了：「傑克是個小偷，爲什麼小偷會過著幸福快樂的日子呢？」爲什麼？對呀！小偷爲什麼會過著幸福快樂的日子呢？說眞的，我也不知道該怎麼具體地跟孩子解釋這個荒唐故事的爛結局，但爲了不讓他們有不正確的觀念，我只好再說幾個活生生、血淋淋的眞實故事讓他們瞭解，隨便「亂鏘」別人的東西，下場到底有多悲慘……

在我高中時，有一位從台中來台北苦讀的同學叫做小將，他一直很想擁有一台腳踏車代步，但是無奈口袋空空，這怎麼辦？他苦思多日，沉靜地告訴自己：「不如就給他用『鏘』的吧！」經過一段時日明查暗訪，他相中了學校附近剉冰店老闆的彈弓仔車（彈弓仔車，就是車頭有顆可以自行發電的頭燈，把手上附了顆鈴鐺，後輪上方還有個載貨的大鐵架），其實那台車眞是爛得可以了，我不知道他爲何不去「鏘」變速車、淑女車、娃娃車……偏偏就挑上了這台。它到底有多爛？先撇開那滿佈鏽斑的車架及嘰嘰叫的煞車不說，光是那歪斜還露出彈簧的爛坐墊，就讓人很替騎乘者的屁股擔心。

某日，「小將」行動了，瑟縮在牆角的他，利用昏暗的夜色及買剉冰的客人身影做掩護，慢慢接近目標，慢慢接近……突然，「小將」抓住車把手，一腳踹開停車用的腳架，開始狂奔（因爲這種老爺車不像現在的變速車可以利用低速檔快速起步，必須借用助跑的方式讓車子動起來）。「小將」連推帶跑地將人與車的速度提升到一個可以縱身跨上車肆意奔馳的境界，只見他抓住了一個絕妙的時間點，腰一彎、腳一蹬，他沒跳上車，反而痛苦跌下車，還被車主活逮。因爲他完全沒察覺到，這台車的爛坐墊在他猛然踢起腳架時，因爲劇烈震動已經離開車體，只剩下一根光禿禿的鐵棒……你能想像凌空躍起再一屁股重重坐在這根鐵棒上的滋味吧！喔～眞是活該！

當過兵的人都知道，部隊裡百分之七十以上的阿兵哥都有竊盜經驗，之所以比例這麼高是因爲阿兵哥多多少少都有偷內衣褲的習慣……爲什麼阿兵哥要偷內衣褲？因爲革命軍人最不喜歡做的兩件事情就是出操跟洗衣服，所以衣服髒了用「鏘」的最實際。話說那一年夏天，因爲我的內褲被別人「鏘」走，只好把老士官長曬在廚房後面的那件黃埔大內褲「鏘」了過來。這件有點褪色的大內褲我連續穿了兩天，兩天後我的鳥巢開始出現了一些不尋常的感覺，剛開始是胯下有點癢，接著變成很癢……越抓越癢……我當時還以爲是內褲太久沒換，所以就先將這條內褲洗一洗晾起來，再順便沖個冷水澡止癢。就在洗澡時，我仔細觀察了那隻癢到讓我很想用鋼刷去「路一路」的大鳥。天哪！不看還好，一看差點昏倒，哥哥我居然長了一堆「八角」！（又稱八菊或陰蝨，其實就是小狗身上那種扁扁的吸血蟲子）這眞是比霹靂小組下痢還要霹靂的青天霹靂。等等！我不能聲張，這種革命軍人胯下長蟲的丟臉事絕對不能曝光，本人必須要在別人發現前徹底驅蟲。我趕緊回到寢室，拿著剪刀及刮鬍刀躲到廁所去替小鳥剃了大光頭。等到我剃好回到寢室時，那件「鏘」來的褲子竟然不見了！才剛洗好居然就被……這眞是氣死人的黑吃黑呀！過了幾天，我發覺平日跟我交情匪淺的老宋，坐立難安地在上莒光日電視教學時用手在狂抓自己的「解邊」，又過幾天，矮子樑、阿昌、小菇頭也陸續加入，最後連排長也投入了抓癢活動。經過我粗略統計，全連有三分之一的人在抓鳥止癢，怎麼會這樣？我硬著頭皮去詢問他們爲何會有「癢央症」……結果答案出來了！他們都是穿了偷來的內褲後開始癢的。難道，難道他們偷的都是同一件褲子？看來我得去問問士官長：「報告士官長！請問，這陣子你那裡有『癢央』嗎？什麼……喔～沒有？」這就怪了，當我還在納悶這個問題時，伙房的大廚牽著癩痢狗老黃走了進來，嘴裡喃喃自語：「老黃，上次那條給你鋪床用的內褲不知道被風吹哪去了，找了個把月都找不到，哪！我又幫你準備了一條！」給老黃鋪床？我的天呀！原來我「鏘」的那一條內褲是……是……喔！難怪會有蟲！報應！這眞是報應呀！

不良品之 一段充滿知仁勇的回憶

每年到了夏天的時候，知了們都會準時在枝頭鳴叫，那聲音一波波像海濤拍岸般不止息，隨著那催眠般的頻率，慢慢地，也將深埋在我右腦下方五公分處的童年記憶給喚醒……

就是那一年，我依稀記得那個綁著麻花辮的紅臉小女孩，拿著畢業證書倚在蟬聲綿密的鳳凰樹下，怯生生地問：「那些聲音……是知了在求偶嗎？」我回答她：「我想應該不是，求偶的聲音應該是喔～喔～BABY～F……」她偏著頭又問：「或者，牠們是在感嘆生命的短暫？」我低著頭咕噥了一句：「七天夠長了，如果活太久就不是知了了……」她紅著眼眶拉著我的手低吟：「那難道，難道說牠們也跟我一樣在依依不捨地唱著驪歌嗎？」我拉了拉垂在胸前的領巾，握緊手上那捆白棉繩，咬著牙一個字一個字老實地告訴她：「並．不．是……牠們只是很單純地在叫而已……」

什麼？說我不解風情？喔～我可是依照中國童子軍規律第一條「誠實」來回答問題！你問我沒事幹麼打領巾拿繩子？那是童軍服的領巾跟童軍繩！當時我可是個不折不扣的幼童軍小花豹（依照幼童軍訓練進程標準規定，八歲半到九歲是狼級、九歲到十歲是鹿級、十歲到十一歲是豹級，可由固定領巾用的領圈圖案來識別），想當年參加這種階級分明的動物組織，就像大人參加獅子會、扶輪社一樣神氣！我們不只可以穿著帥氣英挺的藍色制服在放學時瀟灑地指揮路隊，就連升降旗時都還要打鼓伴奏！你們都不知道我穿童軍服打鼓的架勢有多神咧！

不過話說回來，雖然我很喜歡穿那身制服耍帥，但每個禮拜三、六下午的幼童軍團會卻始終叫我怕怕，因為按照規定，在每次團集會的開始和結束時，我們這些幼童軍們都要圍成一個圈圈對著團長吼叫，以表示對團長的最高敬意，吼些什麼呢？

「阿克拉，我願盡力！Dee～Bu～Dee～Bu～Dee～Bu。～Dee～Bu～Da～Bu～Da～Bu，守規律！」……

天哪～我最怕的就是這個了，一群人在操場Bu～Dee～Bu地喊，多蠢哪！除了這個莫名其妙的吼聲，中場還要三不五時地像神經病一樣跳躍並大聲歡呼：「一二三 WOLF，一二三 CUBS……」我怎麼也想不通，為什麼要讓我們穿著帥到不行的制服耍白癡？當時我已經十一歲了，覺得好丟臉。（雖然團長有跟我們解釋過這些口號的意思，不過如果問我這代表什麼涵義？我們團上沒有一個小朋友知道！因為我們的老芋仔團長是跟游泳送國旗到四行倉庫的那位老牌女童軍同期，鄉音特重！他嘴裡咕咕噥噥的根本不知道在說什麼！）

撇開這些有點癡呆的口號不談，其實當個幼童軍還真是滿有意思的，尤其是可以學到一些有趣的技能，好比說用樹枝石頭做記號、打繩結、生火烤肉等等。其中我最拿手的就是打繩結，平結、接繩結、雙套結、稱人結、雙半結、縮短結、活索結、繫木結……這些繩結都難不倒我。還記得有一年，同樣也是童子軍的B姊，看上了我這項技能，特別要我跟她一起穿著童軍服到她們學校（XX女中）參加園遊會，順便在她們的攤位幫忙做中國結義賣。說句老實話，我那時之所以會答應老姊去參加，除了想要帥外，另一個原因就是爲了實踐中國童子軍銘言：「一、準備。二、日行一善。三、人生以服務爲目的。」

當天我穿著筆挺的制服、打著帥氣的領巾跟著老姊走進她們學校，從踏進校門的第一步我就覺得怪怪的，怎麼清一色都是女童軍？我問我老姊怎麼沒男生？她告訴我：「因爲今天是女人的聚會，你是唯一的男性，就好好表現吧！」什麼？只有我一個男性？這豈不是眾星拱月？太好了！雖然那時我只是個小學五年級的男孩，但已經開始對異性產生興趣，我聽完老姊這番話，立刻擺出超齡的帥樣，打著神乎其技的中國結……我打著打著突然發現，每個經過的女童軍都對我投射出不可思議的眼神，喔！難道……難道我眞的這麼帥？我因爲這些眼神的鼓勵而更加賣力，連中午的便當都沒吃，努力打著繩結。打著、打著，眼前突然出現了一群穿著幼童軍制服小女孩的熟悉身影，我見過她們，她們跟我是同校的。我笑了，我想她們一定是被我吸引了，我問她們：「小青蛙（因爲制服是綠色的，所以女幼童軍的暱稱就是小青蛙），想要中國結嗎？我送你們一人一個！」只見其中一人冷冷地回了一句：「今天是六月一日女童軍節，你這個只會Dee～Bu～Dee～Bu叫的蠢男生在這裡幹麼？」

我當場傻眼了，六月一日是女童軍節？難怪全場只有我一個男生，尷尬！眞是尷尬到想把我姊用活索結吊起來鞭打！從那一刻起，我大概有兩個月沒去參加團集會，也將近半年沒跟我姊講話，不是我的心眼小，而是因爲她涉嫌破壞中國男幼童軍的聲譽。

什麼六月一日，什麼～Dee～Bu～Dee～Bu……夠了，眞是夠了！

＊老童軍馬賽篇＊

誰要你打旗語呀？
跳個 Dee Bu 舞來
給大家笑笑唄～

喀吱喀吱

童子軍都很會野外求生，露營時還會摘些什麼過溝菜、颱風草、姑婆芋來煮，或抓些青蛙、田螺、蟋蟀、蜜蜂、白蟻等東西來測試自己的忍耐度。記得在多年以前，有一個專門介紹野外求生知識的電視節目非常的紅，正確的節目名稱我記不得了，不過節目的內容及主持人『馬賽』先生我可是一輩子也忘不了。「馬賽」先生跟那個幫人化妝做臉敷面膜的『馬它』女士並不是兄妹，跟馬的塞巴更是沒有任何關係！要知道這位『馬賽』先生年輕時曾擔任特種部隊野外求生教官多年，退伍後，他並沒有去賣包子饅頭或當大廈管理員，反而在社會上的各個機關團體、學校，教人野外求生的技能，並參與多項電視及廣播節目製作。

＊童軍不良品＊

正常有領童軍服
該死的圓領童軍服

當童子軍是一件讓人備感驕傲的事，因為那帥氣的制服可不是人人都能穿的，但是我的第一套童軍服卻讓我有了灰暗的童年。還記得當時是我爸專程去中華商場找師父做的，但是等到衣服拿回來時卻發現沒有領子，我問爸爸，他的回答居然是：「咦？領子咧？喔，對了，師傅說這是最新款圓領童軍服！美國童子軍都穿這種。」

當時我白痴，居然相信了，還去跟其他同學炫耀，直到隔年參加了在金山青年活動中心舉辦的世界童子軍大露營時我才知道，根本就是我老爸懶得再跑一趟才唬爛說這是美國新款的，人家那邊幾百個美國童子軍在露營也沒半個人穿圓領的呀！

嗚～我不要活了～

毛秀琴的情人

很多單身的人都怕過情人節，因為這是既邪惡又殘酷的一天，它到底有多邪惡？它究竟有多殘酷？來吧～來看看毛秀琴的故事你就會完全了解……

情人節當天出門其實是很恐怖的呦！
是嗎？那我該怎麼辦？我好怕喔！
別怕別怕，呆在家裡看片片就不用怕啦！

毛秀琴是誰？毛秀琴是一位三十出頭的女性，據我所知她目前單身，去年單身，前年也單身，總之她單身了好多年，但是個非處女的老女人。這真的很慘耶，非處女的老女比純種處女的老女人還要痛苦N百倍。這麼說吧，如果說毛秀琴生下來就缺了胳臂少條腿導致這輩子從沒談過戀愛，那我想她可能看看可米小子翻跟斗或俗又有力的5566打籃球，應該就可以度過那如潮水般波波湧來的思春期，再不然頂多買個印有仔仔半身像的抱枕，其實日子也能熬過去。可是偏偏毛秀琴不是，你看，雖然下巴內縮胸部內凹，不過她有胳臂也有腿，而且慘就慘在20歲那年還跟一個賣雞排的老傢伙熱戀，並且難分難捨……雖然最後兩人還是分手了，但有過這些難忘的經驗，胃口已經被養大，因

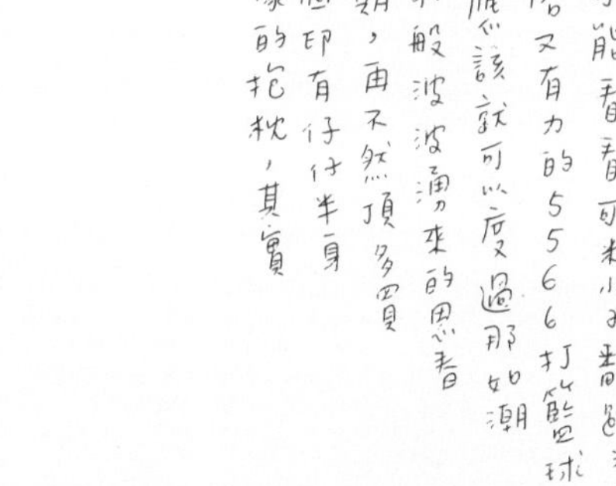

嘔～我被愛神的箭射中了，我是你的獵物……
見鬼了，請調到台東打山豬居然都逃不掉……

此就算給她十個仔仔拖枕外加一個日本進口180公分的矽膠背尼，我想也無法抵擋浪濤洶湧的內在煎熬！

當然，毛秀琴這輩子也不是只有賣雞排的男友，據說至少還有兩三個，不過，這些男人最後都一個個離她而去……

毛秀琴這輩子也不是只有賣雞排的男友，據說至少還有兩三個，不過，這些男人最後都一個個離她而去……毛秀琴失去愛情的滋潤，她的生命就好像燭臺少了蠟油、跑車少了機油、炒菜少了沙拉油、便秘少了甘油……孤獨呀～寂寞呀～眼看別人雙雙對對，自己卻孤孤單單……唉，往日甜蜜的情人節頓時成了最讓她害怕的節日，所以每年只要節日到了，她總是變得歇斯底里陰陽怪氣，這種狀況年復一年。朋友們見狀，都勸她：「秀琴呀！廣播裡有搞什麼婚友聯誼的甜甜圈、甜甜派，電視裡也有我愛紅娘、非常男女的配對節目，聽說成功率挺高的，我已經幫你報名了，你要把握機會呀！」錯過？把握……天曉得，那些她全試過了，也全槓了龜，問題根本不在於她把不把握，而是外貌本來就有待加強的她年事也漸高，所以根本引不起任何人的興趣！

俗話說得好：狗急會跳牆，她實在過膩了那種凡事都要自己來的日子，毛秀琴決定在獨身多年後積極計劃在情人節當天找個真正的男人陪她過節。她開著車在街上亂竄，像一頭連續餓了三天的母獅在找尋獵物。當她晃到木柵興隆路一帶時，正好有個條子在執行交通勤務。就在毛秀琴被攔下來的同時，，她的眼睛也被點亮了起來：「哇～筆挺的制服，壯碩的身材……就是他了！」不會吧？她看上一個條子！不知道這女人是餓了太久還是怎樣，居然把條子當作獵食的對象！「小姐，麻煩證件借我看一下。」毛秀琴羞澀地說：「我忘了帶耶～不過我可以告訴你我叫毛秀琴，今年三十四歲，是浪漫的雙魚座，未婚也沒有男朋友，那你叫什麼名字？結婚沒？有女朋友嗎？你幾歲？」這條子大概作夢都沒想到這些平時拿來逗弄那些騎Dio違規小妹妹的招數會被一個大姊姊拿來反問，當場支支吾吾嘴裡念起滷蛋來……

「我……我……我叫曹達華……我單身……小姐……你剛剛……闖紅燈說……」原來她是因為違規被攔，看來罰單是跑不掉了……「你叫超大隻？啊啊～好黃喔～不過我開始有一點點喜歡你囉！那你對我的印象怎麼樣？」碰到這麼主動的花痴女，這位曹警官一時也不知道該怎麼回答，只好含糊的說：「印象……很好……毛小姐……你剛剛闖……」毛秀琴不等他說完就搶著說：「闖什麼？闖進你的心窩喔？討厭～你說話就不能含蓄一點嗎？」

老天，闖紅燈變成闖心窩？語意被誤解的曹警官就像吃了一嘴大便的狗，就算有兩條舌頭也說不清楚了。「我我～你你……我……」毛秀琴上前一步，倚在他身旁：「好了，想約我就約嘛，幹嘛吞吞吐吐？你幾點下班？我等你，你想約我去哪？」曹大隻連忙說：

小姐～
你闖…
闖紅燈了….
偶滴熱情～啊！好像一把火～喔！闖入了妳的心窩～

「我……我只想約你到旁邊……開紅單……」她一聽到紅單，整個人跳了起來：「紅單？你剛剛說我闖進了你心窩，現在又要開我紅單？今天是情人節……難道這就是你送我的禮物？這是你愛我的方式嗎？」毛秀琴滿臉鼻涕眼淚的，搞得圍觀的人越來越多……

「警察先生，雖然這馬子有點醜，不過還在情人節甩掉她未免也太狠了吧～」

「死條子，平常欺負我們就算了，連自己馬子都這樣對待，你還是不是人啊！

唉唷～你馬子還真老……算了，當我沒說～」路人你一句我一句，彷彿毛秀琴真是曹大偉的馬子。被眾人圍剿到啞口無言，曹大偉只能拉著毛秀琴鑽到車內把話說清楚：「小姐……你……到底是想怎樣？不要這樣整我啦！」毛秀琴擦乾了眼淚，揚了兩管黃鼻涕說：「我整你？是你自己說對我印象很好的，人家我只是想你陪我過情人節……」

太恐怖了，這種招數跟獵殺動物有什麼兩樣？結果那天曹警官收班後就被毛秀琴惡整到天亮，兩個眼眶跟膝蓋都黑黑不說，有些地方還因為使用過度產生破皮現象……我實在很難想像他們到底度過了什麼樣的恐怖情人節……就我所知，那年情人節過後沒多久這位曹警官就自動請調到台東去避難……說真的，雖然我並不真正認識毛秀琴，不過這是一個真實的故事，因為這是由曹警官親口告訴我的，我為什麼會認識曹警官？唉～曹警官是我小學同學……（曹警官本姓吳，為保護當事人，姑隱其名！）

不良品之一把小口琴

記得有一次我到飛碟電台上節目，因爲怕找不到地方停車，所以很難得地坐上捷運列車。一上車，椅子還沒坐熱，就發現對面有個嘴巴又厚又大的胖子，而且他的脖子上，用一條銀鍊子掛著一把約四公分的迷你小口琴……怪了~這張臉有點熟，再仔細一看……這……這個人……難道是高中時代曾生吞數隻口琴的「土虱男」同學嗎？哇~眞是他……

你不相信這世界上有人可以生吞口琴嗎？我可沒騙你！就我所知，這位同學在求學期間，吞下至少兩把以上的口琴！話說高中時代，我參加的社團是充滿愛心的慈暉社，土虱男參加的則是口琴社（爲什麼我會選擇慈暉社？歹勢啦……因爲全校只有它可以在上課時間到校外進行社團活動……）還記得那次是慈暉社、吉他社與口琴社聯合到新店某教養院舉辦愛心聯歡晚會，當時我負責的是茶水點心組，土虱男同學則是表演組的一員。

當晚的表演很精采，有慈暉社的愛心義賣及帶動唱，吉他社的古典吉他和雙人彈唱，口琴社的獨奏、合奏及特殊口琴表演等等……其中最精采的是壓軸的「特殊口琴」表演。什麼是「特殊口琴」我個人並不是十分有研究，我只知道「土虱男」拎了個神祕小包包上台，深深向觀眾鞠個躬後便開始表演。他彷彿一個餓了好幾餐的流浪漢在狂啃士林夜市的烤玉米，一隻接一隻……一把換一把……複音口琴、半音階口琴、十孔口琴、合奏用口琴，就連我聽都沒聽過的什麼炸彈口琴、鐵船口琴、小喇叭口琴、西洋棋口琴、迷你小口琴等，統統都出爐了。一開始他有些怯場，四肢僵硬不說，連鼻涕都會不小心噴出一滴滴……但沒多久，他就隨著口中流瀉的悠揚音符，狂野擺動他那肥胖的身軀……我在台下，很篤定個性閉澀的「土虱男」已經完全進入那神奇的太虛境界。尤其是最後一首安可曲，更是以整粒被他含在嘴裡的迷你小口琴來吹奏。怪怪~他居然沒有用手耶！這眞是太神了~而且那把跟拇指一般大小的迷你口琴，居然能將難度頗高的「流浪者之歌」表現得如此出神入化，夢幻……太夢幻了！正當大家聽得如癡如醉時……音符居然中斷了，現場一片寂靜！只見他臉色發白張著大嘴猛搥胸口……媽呀~他嘴裡的口琴呢？五分鐘後，他被學校送去醫院灌腸。

一個眞正熱愛音樂的人，是不會因爲這種小小的凸槌而放棄理想的，「土虱男」回到校園後便更加努力練著他摯愛的口琴。日復一日，他的技巧越來越好，連口琴社的社團輔導老師都有意升他做社長。只可惜「土虱男」因爲太胖，肺活量顯得有些不足，如果碰到需要拉長音的曲目他就無法表現得很好，這……這技巧有瑕疵要怎麼當社長？減肥吧！但是「土虱男」的胖是屬於遺傳性，要在短時間內瘦下來根本不太可能。怎麼辦？爲了能如願當上威風凜凜的社長，「土虱男」只好土法煉鋼，每天利用下課及午餐時間用迷你口琴來練肺活量。至於爲什麼獨獨選用迷你口琴來練習？沒辦法，大把口琴實在太吵了，尤其是卯足了勁奮力吹長音時，很難不被其他同學幹譙！「土虱男」一如往常吃完校門口買的排骨便當和附贈的養樂多……抹抹嘴，掏出那把之前從醫院馬桶裡撈出來的小口琴吹奏起來。「土虱男」

吹得分外流暢，他的技巧眞是突飛猛進！那把小口琴在他嘴裡像條魚兒般自在滑動，可是，可是……就在他必須用深吸氣來表現一段極長音時，咻的一聲……迷你口琴又下肚了！喂～第二次咧！怎麼會這樣？我想，唯一的可能就是因爲他剛喝完養樂多，所以口腔內充滿了滑滑的黏膜，潤滑過頭啦！

故事說到這裡，我必須再把場景拉回密閉的捷運車廂內。雖然當年我跟他的交情不深，但能在分別多年後與這位傳奇人物再重逢，你說我能不熱情地上前去打招呼？我拍了拍他的肩膀：「喂～土虱男！好久不見，怎樣，最近過得如何？還吞口琴嗎？哈哈哈哈～」本來我只是想用開玩笑的口吻跟他寒暄，不料他居然很勁爆地回答：「喔～BO2，是你呀！好久不見，我過得馬馬虎虎啦，前幾年我還不小心吞過幾次，不過自從在上面加了條鍊子後就比較少發生了，你看！就算不小心吞下去我都還能抓著鍊子把它拉出來喔！」天哪～天哪～就因爲他的這番話，當天的電台訪問我根本答非所問，滿腦子都是那把迷你口琴在食道裡滑進滑出的影像……

我個人十分肚爛別人說我寫的東西都嘛是在唬爛！拜託，你們自己的生活無聊就算了，幹麼看別人比你過得精采就說人家唬爛？瞧，這張照片可以證明「土虱男」確有其人吧！

不良品之演員

本人年輕時曾經做過電視演員。這是眞的，我確實在民國七十四年九月演過一齣台視的連續劇〈孤劍恩仇記〉。想當年這齣叫好又叫座的武俠大戲，因爲有我的熱情參與演出，在當時還破天荒地創下同時段收視新高咧！

爲什麼會有這麼不得了的經歷呢，說來也是巧合。那年我剛升高二，某天放了學沒事，就跑去同學「眼鏡猴」的家中閒聊天。正巧，那天「眼鏡猴」在電視公司當主管的叔叔也在家，於是我們兩個人就邊喝小酒邊聽叔叔唬爛他如何追女明星的英雄事蹟。扯著扯著……醉眼惺忪的叔叔忽然用有點「大德奪」的腔調開口說：「你你你～你說你的名字叫什麼B來著……對～就是你……我覺得你不壞鬥陣，汗操也不錯，明～明天到中和的攝影棚來找我，我要把你推薦給導演，他一定會把你捧成大明星！來～再來乾一杯！」捧我？在騙肖？雖然我的身材不差，但胸前也沒有長咪咪，有哪個導演會想捧我？怪怪的喔，難道這位叔叔有什麼企圖，或特殊癖好？爲了安全起見，我想我還是問清楚點好，叔叔～叔叔～唉！這位中看不中用的叔叔已經早先一步把他的大餅臉放在裝皮蛋豆腐的盤子裡睡著了，怎麼辦？這時「眼鏡猴」似乎看出我對他叔叔的防衛心，便主動說要陪我一起去見導演，嗯，有人陪，我倒是可以考慮踏入演藝圈看看！（p.s.什麼是「大德奪」？唉～就是大舌頭啦！不信你自己念念看……）

隔天一放學，我跟「眼鏡猴」換上一身勁裝就直奔中和攝影棚找他叔叔。進了門，左轉右轉好不容易找到他，結果他居然跟我們說昨天他喝醉了，不記得有這回事！陰陽咧～都記得起來尿尿卻不記得昨晚給我的承諾……突然，就在這個被當猴子耍的節骨眼，有個戴著古裝頭套的傢伙拉住我跟「眼鏡猴」的手就往前跑，嘴裡還直唸著：「你們還不快棄（去）換衣湖，待會導演又要罵人了……」你知道兩佰塊這個人嗎？就是當年在張菲主持的〈黃金拍檔〉裡串場的那個兩佰塊呀！他還跟許不了一起拍過電影耶，天哪！拉著我狂奔的人就是兩佰塊！我們倆就這樣莫名其妙地被兩佰塊硬拖到拍片現場。果眞，大老遠就看見導演（陳明華）雙手插腰，劈哩啪啦地在開罵：「×你老木的大胎盤～動作慢慢呑呑，你們便祕嗎？還不快去換衣服……」我們兩個局外人傻傻地一時反應不過來，被導演這麼劈頭就罵，嚇得跟著大夥在道具間裡找合穿的衣服。說眞的，衣服倒還好找，反正古裝都是寬寬大大的，隨便找一件都能穿，但鞋子就非常傷腦筋了，我試了好幾雙都不合腳，最後總算找到一雙那種鞋頭向上捲翹的法王喇嘛鞋。沒想到一出道具間我就被副導釘在牆上罵白癡，因爲他說白痴都知道中原人士是不會穿這種小丑鞋的……天哪！我又不是學歷史的哪會知道！這時導演聞聲走過來，把我上下仔細打量一番，笑了笑，開口說：「小子，汗操不錯喔，演『南宮勝』的呂耀華去掛急診了，不如這個大俠的角色就給你演，你快去換他的衣服吧！」（呂耀華，一個在當年還小有知名度的演員……）天哪～這還眞是歪打正著，二話不說，大俠我去換衣服囉！

不是蓋的，那套白底藍邊的大俠服還眞是好看，尤其長髮的頭套加上風流尖更是帥到不行。但老問題來了，呂耀華的特製藍色靴子是八號半，比我的腳整整小了一號，這要怎麼穿？導演一看皺了皺眉，跟身旁的美術指導嘰咕嘰咕地咬了咬耳朵，美術指導點點頭就拿了罐顏料及刷子把我光光的雙腳刷成了天藍色……嗚～在搞什麼飛機呀，我演的是大俠耶！更火的是當我踏著藍色的腳板子走出化妝間時，夏光莉、池秋美、李小飛……這幾位主要演員看到我的腳全都笑到耳屎狂射，尤其是飾演「君無愁」的主角劉德凱更是笑到連檳榔汁都從鼻孔噴出來！（你不相信文質彬彬的憂鬱小生劉德凱會吃檳榔？拜託，有更多人是吃搖頭丸的）這……這眞是太過分了，其他演員笑就算了，劉德凱怎能這樣失態呢！要知道他之所以能在演藝圈混這麼多年，就是靠著那帶有幾分憂鬱色彩的孤傲眼神呀……他居然笑我……這傢伙實在太令我失望了。

好不容易把所有人員及道具都安排妥當，導演說要正式開拍了。首先這場戲是由出道沒多久的馬景濤飾演的百劍派掌門秋東籬與劉德凱飾演的君無愁在充滿瘴氣的黑樹林中拿劍互砍。爲了營造煙霧瀰漫效果，工作人員開始燃燒大量稻草……媽呀！雖然這騰雲駕霧的效果營造得非常逼眞，但氣味實在有夠嗆人……一陣刀光劍影，鏘鏘鏘……哈啾！居然有人打噴嚏？誰？是誰在放炮？喔～原來是馬景濤重感冒又被煙燻，當場打了一個附贈兩條黃鼻涕的大噴嚏！這下導演只好大喊：「卡卡卡～助理快幫他補妝！」一陣手忙腳亂後，馬景濤總算擦掉鼻涕再度上場。這次導演學乖了，他要攝影師把鏡頭盡量放在劉小生的身上，而且還要劉小生跟馬景濤過招後從高處一躍而下，並在落地時回頭露出他那招牌的憂鬱孤傲眼神來殺死全國婦女觀眾。說眞的，劉小生的身手眞是了得，在這個鏡頭開拍前的套招演練時，他居然能把這個難度頗高的招式做到輕如鴻雁、點地無聲……太猛了！我完全忘記他剛剛喀滋喀滋咬檳榔的模樣，現在的他根本就已經完全融入劇中角色！顯然，導演也相當滿意這一氣呵成的動作，當場下令打板正式開拍。嘎嘎嘎～機器開始運轉，呼呼呼～稻草開始燃燒，鏘鏘鏘～劉馬二人開始走位過招……嘿～喝～嘿～喝～突然喀擦一聲……原本該落地回眸的劉德凱居然只留下一粒頭套就憑空消失了，怎麼會這樣……天哪！原來他硬生生地踩穿了高架的佈景地板，被卡在底下啦！

或許各位讀者覺得奇怪，故事說了這麼久，我飾演的大俠「南宮勝」怎麼還沒登場？呵呵！大家不都說好酒沉甕底嗎？我演的當然是壓軸嘛！就在雙腳被漆成藍色後的第六個小時，B哥我登場了，演出的內容是～喝！這一幕的場景可大了，我跟將近三十位扮成武林各大門派掌門的臨時演員一起演出，劇情大概就是說各大掌門皆被壞人下毒，因為不願與壞人妥協而寧死不屈！別以為這很好演喔，我的戲份可不輕，我領著大夥喊：「我們不要解藥～我們不要解藥……」那就是我的台詞，大俠南宮勝的台詞，這個有著重要台詞的鏡頭在電視上會出現多久？嗯～大約二秒……很讚吧！

＊ 眼鏡猴與油飯手 ＊

這是張難能可貴的照片，因為除了左邊沒戴眼鏡的眼鏡猴同學外，右邊居然出現了已經失去聯絡的油飯手同學。

本來那次拍戲，油飯手也要同行，但因臨時有事就錯失了與池秋美見面的機會，唉！池秋美居然是他的偶像，這真是引人深思的一件荒唐事。

至於劉德凱也是位匪夷所思的人物，他現在已經五十好幾，差不多到了該穿睡褲配皮鞋去公園練外丹功的年紀了，沒想到居然還有精神搞個人網站，網站名稱還叫【天下第一莊】http://www.geocities.com/televisioncity/station/7682/

不良品之伴唱機

你知道什麼是全世界最恐怖的殺人機器嗎？什麼是可以瞬間殺人於無形，也可以長時間把人慢性折磨到崩潰的機器？不是坦克車，也不是你更年期的老婆…眞的猜不到嗎？唉～是卡拉伴唱機……

說眞的，台灣的KTV或卡拉OK已經很多，而且那裡的專業設備也夠酷了，愛唱歌的人大可以去特定的場所飆歌拚性命呀！爲什麼還要發明這種機器讓人買回家？我眞的不明白那個設計第一台「住宅用卡拉機」的傢伙腦袋裡到底在想什麼？難道他不知道，讓一群沒有受過專業歌唱訓練的平民百姓，在人口密集的住宅區拿麥克風唱歌是非常恐怖的一件事嗎？就拿我住的那個社區來說好了，每到晚上八點就有至少三分之一的家庭陸續開機幫鄰居催吐灌腸。一下子是身材像大象的里長婆用難產一樣的高亢假音唱「愛情A恰恰」，一下子又是死了老婆的麵包店老闆摟著菲傭敲著鈴鼓合唱「哇系男子漢」……呼～拍子抓不準就算了，KEY還忽高忽低，這，這哪叫唱歌呀！最可怕的是對門做土水的阿伯唱「媽媽請你亞保重」，他每次都把卡拉機的echo旋鈕向右轉到底，而且唱到激動處還會高舉無線麥克風，用撕裂的嗓門對天大吼一聲：「媽媽～媽媽～媽媽～媽媽～媽媽～媽媽～媽媽～」你瞭解那聲音迴盪得有多淒厲嗎！有好幾次我都被嚇到，以爲他摔到二百公尺深的井底去了……（跟各位解釋一下，這裡只有第一個媽媽是他唱的，剩下的六個媽媽都是回音……這樣你們知道那個echo

旋鈕轉到底的威力了吧？）

前面說的是都會住宅區的卡拉，現在我還要提一提農村地區的卡拉。台灣大部分的農村家庭可能沒有裝寬頻網路，也可能沒有買PS2或夜光滾珠按摩棒等等高科技產品，但是，請相信我，這些純樸的務農家庭一定會擁有一台配有高科技無線麥克風的卡拉機！說眞的，農民擁有這種物品是無罪的，但是若是在農忙時不好好工作，反而拿著這種沒有線的麥克風邊走邊唱，還從家裡唱到大街上就實在是太過分了！記得有一次我到南部，就親眼見到兩個剛從田裡下工的老人家，一人一隻麥克風當街對唱起世界名曲「選擇」，其中一位留鬍子穿雨鞋的老人用低沉的台灣國語唱：「偶選擇了你～」而另一個打著赤膊露出下垂刺青的瘦乾老人，居然用假音唱：「哩選擇了偶～」最後這兩個老農民抱在一起還帶手勢，來個眞假大混音：「這是偶們的～選擇……」喔！光天化日耶～當然不只有農村會這樣，類似的景象，也常發生在東北部沿海一帶漁村的里民活動中心或廟前廣場，你瞧……這邊是阿公鼓脹著血管唱「走船人A純情曲」，那邊是穿著半統絲襪的阿嬤在抖著小腿上的靜脈瘤跳恰恰，甚至還有些走火入魔的老人會將自己的歌聲及舞台動作

大隊長，請問目前現場的狀況如何？
目前我們還沒找到受困者 但是以我個人專業的判斷，這位發出求救訊號的民眾 應該是受困於200公尺深的水井裡～

用DV拍攝下來，託子女燒成光碟送人呢！這種禮物可怕吧！

其實被卡拉伴唱機摧殘得最慘的應該是開遊覽車的司機了，要知道他們平常薪水就已經不高，還得在工作時忍受這些鬼哭神號的歌聲！你看看……學生畢業旅行或校外教學時他們要緊握方向盤，耐心的聽猴孩子唱周杰倫的：「你打我媽，我揹你爸……」跑進香團CASE的時候要繫好安全帶、用牙籤撐起眼皮打起精神聽阿公阿嬤唱：「南無阿彌陀佛……」運氣不好，接到那種「歌唱訓練班」集體出遊的案子時，更是要隨時準備開窗跳車，以防太陽穴部位會有動脈爆裂噴血的危險……所以囉，你現在應該知道全球各大車廠在設計大型遊覽車時，爲什麼總會把乘客座位安排在上層而司機安排在下層了吧！唉～卡拉伴唱機……恐怖喔～

這真是太震撼了！這已經是今天第8個從遊覽車上跳下來的司機了！
參加卡拉研習社是不是比參加賞鳥社刺激多了?!

不良品之恨便當

我是個不太挑食的人，不過便當這種東西卻始終令我避之唯恐不及，並非我瞧不起便當，實在是因爲這種裝在盒子裡的食物會勾起我一些不堪回首的往事。

還記得念小學時，老師在課堂上說了一個關於有錢小孩與窮苦小孩交換便當的故事：有個小孩每天帶雞腿便當上學，不過他一點也不快樂，直到有一天他吃到同學媽媽所煮的蘿蔔乾……從此他便和同學一起過著幸福快樂的日子。總之，這個故事就是要訓示我們「蘿蔔乾比雞腿好吃」這個道理，可是當時這個媲美台製偶像劇的爛故事，聽在我們這些小毛頭的耳裡可不是這麼回事喔～開什麼玩笑，雞腿耶！我們班上的同學大部分家境都不壞，可是偏偏就沒見過哪個傢伙帶過雞腿！連當時全班最有錢的同學「幹譙宏」也頂多在生日那天帶過一條德國狼狗尺寸的黑橋牌香腸而已。（那個年代他老爸隨便賣盆蘭花就可以賺個好幾萬耶！有錢到這樣也只帶過黑橋牌你就知道雞腿這種東西到底有多夢幻。）

自從那天聽完這個夢幻故事後，我們日也盼夜也盼，盼著班上能出現一個像故事中那個天天帶雞腿的有錢同學。我們期待了好幾個月，果然皇天不負苦心人，我們班上轉學來一個小胖子。這個胖到走路時兩條大腿內側會不斷摩擦的傢伙，我光用看的就知道他家裡有兩下子！他的制服袖口、領口，非但沒有發黃還槳得筆挺，印著宇宙戰艦大和號圖案的進口鉛筆盒就有十八種功能，連上下學都還有戴墨鏡的司機專車接送。這種陣仗眞不得了，同學們都在竊竊私語猜他老子是幹什麼的……課堂上嘰嘰咕咕的討論聲此起彼落。這時老師要大家安靜並請新同學上台自我介紹：「各位同學大家好，我叫鄭豪野，我家是開藥廠的，請多多指教～」聽完他的自我介紹，我開心地笑了，而且不只我在笑，幾乎全班的人都笑開了，爲什麼？呵呵呵～家裡開藥廠，名字還叫做「眞好野」，你說嘛！雞腿這種好東西不放在他便當盒裡是要放在哪裡？

　　好不容易我們熬到了吃中飯的時間，大夥兒紛紛拿著便當湊到他的身旁，竭盡所能地揣摩窮孩子該有的親切態度和他攀談，希望能有幸成爲故事中的另一個主角。只見「鄭豪野」慢條斯理地拿出了便當……扳開了鐵釦……掀起蓋子……我隱約看到……耀眼……金黃～果然！是隻炸得金黃酥脆上面還撒滿黑色胡椒粒的大雞腿，當下我唾液分泌的速度飛快，果然，「鄭豪野」跟故事中的有錢小孩一樣，碰都沒碰一下那隻雞腿，只是很哀怨地嘆了口氣

夠了喔～
這是我的凱蒂貓便當，希望你能以結婚為前提与我交往!!

＊吃便當時間＊

就將便當收了起來。同學們看到他這樣的舉動便開始爭先恐後說話了：「你不愛吃雞腿對不對？我的蛋炒飯跟你換！」「我的是竹筍炒肉絲，你一定會喜歡！」「偶的更棒～鹹鴨蛋炒苦瓜……」只見這胖子不屑地看了看這些便當，轉頭對著我說：「B同學～你的水餃好香～」啊！我有沒有聽錯？他他他～他居然看上我的水餃耶，我樂得馬上說：「那我跟你換好不好？」「鄭豪野」快速地點點頭：「只要你發誓不後悔，我就跟你換……」後悔？阿搭馬秀斗啦？這筆交易就像我把一艘過時的爛軍艦用高價賣給一個有錢的白癡，我怎麼會後悔咧！

發完誓後我興高采烈地拿著他的便當盒回到座位，轉頭望著其他同學羨慕又失望的眼神，我只有一種感覺～喔！好爽喔！張開嘴狠狠地咬了一口……喀擦喀擦……說實在話，這雞腿炸得眞是很透……可是那些一點也不辣的黑胡椒粒硬得離譜還帶有一種說不出來的怪味，我起身問他：「鄭豪野同學，你的雞腿好特別，黑胡椒又硬味道又奇怪……」這時只見他趕緊狼吞虎嚥的把最後一粒餃子塞進口裡：「哪裡有什麼黑胡椒？那是我早上想偷吃，結果不小心掉在地上黏到的髒東西啦～ㄟ！說好不能後悔的歐～」噁～～～這是我第一次覺得吃便當是件噁心的事情，但當時可愛的我還沒眞正學到教訓……

上了國中後我的食量開始出現了極大的變化，曾創下一餐吃七碗的紀錄，根本不覺得有哪一餐是眞正吃飽過，爲此老媽特別準備了一個雙層的特大號便當，希望能短暫滿足我那大得恐怖的胃袋。可是事實證明這並沒有任何作用，因爲我通常在第二節下課前就已經把飯菜吃掉了……也就是說，一大早就把冷冰冰的便當吃光了。因爲中午還有免費的自助餐在等著我！我們班上有四十個學生，假設每個學生的便當裡裝了三道菜……四十乘以三十等於一百二十道耶！我只要拿著空便當盒全班走一圈，嘩！五星級飯店的菜色都沒這個豐盛！

說實在的，這種吃法雖然惡劣，但眞的很過癮，你想想看，人生當中除了這個階段，有哪一餐是可以免費一次吃到幾十種甚至上百種菜色？就這樣我從國一吃到國三，身材越來越高壯，而被我白吃了兩年多的同學們則越來越瘦小……這時有些受不了的同學開始耍花招，有的在便當裡吐口水，有的躲在廁所吃，甚至還有人把菜藏在白飯底下。當然啦！我又不是狗，有口水的那種便當我是不可能嚥下去的，但其他那些賤招對我來說就根本不管用了。想落跑到廁所？你老哥我直接堵在教室門口，先乖乖繳稅再說吧！至於菜藏在飯底下？呵呵～用聞的就知道他在搞什麼名堂啦！繳稅繳稅～我徵收飯菜的效率就像國稅局查稅一樣滴水不漏！這可說是我這輩子當中辦事效率最高的一段時期。

本來希望可以保持這樣的水準，理智又感

性地一路吃到畢業，可是就在某一天我吃了「咕呆」同學的便當後，我瘋了！整個人都崩潰了！因爲他那天的便當菜非常精采，裡面裝著的是我最愛吃的三杯肉，於是我硬跟他A了一半過來大快朵頤，正當我吃得津津有味時，瘦小又乾扁的「咕呆」開口了：「你也係廣東人嗎？」我不懂他問這話是什麼意思，他嘴裡咬著肉說：「這種東西只有廣東人才敢吃，一般人係不敢碰滴啦！」三杯只有廣東人才敢吃？這是什麼白癡話？台灣這麼多不同省籍的人都在啃這種東西，想唬人也唬得像樣一點嘛！「咕呆」邊吸吮沾滿醬汁的手指邊說：「我爸不會騙人的，他說只有廣東人才會吃貓肉……」貓肉？我剛吃的是貓肉……天哪！這是報應嗎？從那一餐起，我整整一個禮拜沒吃中飯……

……便當？對不起，我一點胃口也沒有了！

Special
有錢的同學，你今天帶的是什麼腿？怎麼這樣死唄秀?!
嘿～這是爺爺的義肢～
哇咧～帶錯了啦！
NIKE

不良品之腳踏車

在我很小的時候，也就是台灣的經濟還沒發生奇蹟時，台灣人能夠選擇的交通工具實在不多，除了那些跑一跑輪子會自己脫落的裕隆汽車以及猛噴黑煙的公車外，大概就屬擁有史帝田鐵合金汽缸的野狼一二五及來自義大利的偉士牌機車最炫。想當年這些專吃汽油及新台幣的昂貴高科技產品，只有達官顯貴，或是家中做生意的資本家才玩得起，對於一般市井小民來說，這些東西遙遠得跟人造衛星沒啥兩樣！

當時的小老百姓都以什麼爲主要的交通工具呢？喔，就是那有踩會動、不踩不動的腳踏車。瞧！不論上班、上學，或買菜、送報、送養樂多，或是送羊奶……總之，腳踏車在當時是中下階層最愛的主流交通工具，而這種交通工具同時也是區分彼此身分地位及判別流行的另一種指標。長髮漂亮小姐騎的叫「淑女車」；年輕帥氣的哥哥騎的叫「彎把自行車」；當這位哥哥想追小姐又怕邪惡企圖被識破時，他便會假「夕陽無限好」之名，邀她到淡水騎「協力車」；等到確定追上了，就會換騎那種前面有根桿子，可以載小姐的「紳仕車」；年輕小姐被哥哥娶進門，變成黃臉婆以後，就要換輛有菜籃子的「買菜車」；等這哥哥的黃臉婆將孩子生出來後，頭也開始微禿的哥哥就要換輛有個藤製小座椅的「親子車」；等到兩個人老得什麼車都騎不動時，就換成用眼神做個暗號便會有菲傭幫忙推的「殘障車」。哇！你看，腳踏車是不是送往迎來，陪伴老中青男女度過多少悲歡歲月！

這樣的區分讓人一聽就懂了，但是，對於喜愛腳踏車的小學生而言，卻十分不公平，因爲在當時唯一針對兒童設計的車種只有小娃娃專用的螃蟹學步車，像我們現在常見的那種後輪附加兩個小輪子的兒童單車及ＢＭＸ越野技術車，當時根本只屬於概念車階段。那小孩沒車騎怎麼辦？嗯～別人家我不知道，我的運氣比較好，我有一個大我六歲，每天只想跟不同馬子約會的哥哥（也就是大Ｂ），幸運地沾了他的光，在我念小學時，就有機會利用他還沒放學前的那一點時間，偷偷騎著他那台帥到不行，而且橫桿上還殘留著不同女子餘溫的把妹專用腳踏車四處趴趴走！說到這小孩騎大車可是要有技術的，還記得當時本人練就了一身特技，可以把整個人縮在車子那根橫桿下像隻馬戲團的猴子般騎車！

不過爲了練成這項絕技，小弟我可是吃足了不少的苦頭，電線桿、垃圾桶、豬肉攤……能撞的我都撞過了！最慘的一次，是某個夏日午後，我瞞著家人頂著如火炭般的艷陽騎車去買剉冰。二十幾年前的新店還是個蠻荒地區，

＊兜風篇＊

嘿～馬子，
載你去兜風好唄
不行，你的車子上沒有
橫桿桿，我才不要坐哪！

要買剉冰得歷經千山萬水！我騎車經過池塘、菜寮、工地、豬舍……最後騎到一條田埂小路。這條路很窄，路的左邊是稻田，右邊是黑幽幽充滿豬糞的大水溝，冰店就在小路的那一頭。老實說，路窄我並不怕，B哥我技術好得很。嘎嘎嘎，我踩著腳踏板往前衝，大約騎到路的中間點時，該死！我打了個巨大的噴嚏。哈啾！我手一偏、龍頭一歪……就連人帶車衝下水溝了！在陳述狼狽慘狀前，我必須好好地形容這條肩負農田灌溉用水重責的臭水溝。首先，這條水溝眞是臭，有多臭？喔～它散發的味道有如壞掉的豆腐乳，濃郁刺鼻……裡面的成分除了添加了純度高達九九九的豬糞外，還有許多如海帶昆布般的不明物體隨著溝水漂動……還記得當時我渾身爛泥地從溝裡爬出來，嘴角還掛著一條這樣的黑色昆布。

後來我推著車哭著回家找爸爸，但是我身

＊「機腸轆轆篇」＊

哈哈～那是當然了，因為我有請專人在處理這些豬腸……
你做的麵線果然好吃，尤其是豬腸，太柔嫩了！

上實在是太臭了，所以B爸也不願給我一個關愛撫慰的擁抱，只叫我到街角的消防隊去找老胡。老胡是我爸的朋友，他的職業是消防隊員，只見老胡抓著滅火用的水管，小心地控制著消防栓的水閘，哇～強勁又大管的水流就這樣將我身上一坨坨的豬糞給沖掉……瞧～老胡連我耳朵深處的豬糞都很細心地用超強水柱給沖出來。說眞的，我之所以特別尊敬消防隊員就是從那個時候開始的，雖然他這樣的舉動讓我雙耳都得了中耳炎，在家躺了快一個禮拜，還差點失聰，但我還是覺得消防隊員很偉大，因爲除了救火、捕蛇、抓虎頭蜂外，他們還會幫熱愛騎車的小孩子洗掉身上的豬大便。

到了國中時BMX開始風靡全台青少年，至於這股風潮熱到什麼程度？這麼說吧，要是你沒有一輛可以跳躍又可以拖孤輪的BMX，那你在同儕間的地位就被比下去了。還好，這個硬道理B爸很懂，所以他特別跟我姑媽借錢買了台銀色的BMX給我。說眞的，這台車子超正，它不只讓我學會了豚跳、撇輪、拖孤輪、大風車等等技巧，也讓我的門牙在表演特技的U型板上與牙床分了家。當時缺了門牙的我最喜歡去的練習場所就是國父紀念館，爲什麼獨愛此地？因爲地方夠大，警察又不會來，所以隨時都有一大票同好聚集。那時同好們最愛玩的一種遊戲就是擺個跳台比飛車。比法很簡單，跳台前面先橫躺個幾個人，只要飛過去而且沒有壓到躺在地上的人就算贏了，如果雙方勢均力敵就再加人，直到有人被壓到才能分勝負。這種比賽眞的很刺激，因爲躺在地下的那些倒楣鬼是大家輪流擔任的，那當然很危險，但是你也可以選擇接受大夥鄙視的眼神裝「俗辣」不躺。（不過這樣的人實在很少，因爲男孩子的世界就是這麼奇妙，面子比命都還重要！）還記得當時我最高紀錄是飛越六個人，這在當時可說是國際水準咧！我同學都說只要我繼續努力，假以時日一定可以飛躍黃河！說眞的，我相信只要給我時間和機會，我一定辦得到。只可惜這個飛躍黃河的計畫，在幾個月後就中斷了，因爲有個倒楣的傢伙被重重落下的車輪壓到肚子，結果腸子破裂送醫急救，當時這件事還上了報，被熱烈討論了好久。我還記得這則新聞的標題是「愚蠢少年鐵馬當飛機，降落失敗同伴急送醫」。都這麼多年前的事情，爲何這個新聞標題我記得這麼清楚？嗯，因爲，因爲報上說的那個把車當飛機的愚蠢少年……唉！就是我本人。

後來我是不是就放棄了騎腳踏車呢？當然，沒有！爲了讓家人很清楚地知道我並不是眞的很愚蠢，我跟同學「慰慰」一起報名參加了代表健康活力與智慧的第一屆香吉士盃自行車大賽。比賽路程是由南門國中出發，騎到國父紀念館後再折返回原出發點。光看路線就很有挑戰性，參加的條件也十分簡單，只要是用腳踩的人力車都可以參加。我不知道該如何形容那種盛大的場面，但我估計至少有幾萬輛腳踏車在那裡蓄勢待發！「碰！」的槍聲響起，大夥奮力踩著踏板馭風疾馳，我跟「慰慰」雖然體力及技術都很好，但因爲騎的都是小輪子又沒變速的ＢＭＸ，所以很快地就被甩在隊伍後面，沒關係！輸贏無所謂，能夠發揮運動家精神騎完全程才最重要。我們奮力騎著，低著頭努力騎著……在快接近折返點時，我的車居然要命地爆胎了，天哪！半途棄權是完全違背運動家精神的一種舉動！這時「慰慰」自告奮勇說要載著我騎回終點，我心想：「嗯，此舉說不定會博得全場熱烈的掌聲！搞不好大會還會頒個最佳運動精神獎給我們！」好，就這麼辦！我把車子鎖在路邊的電線桿，就跳上「慰慰」的紅色ＢＭＸ，再度投入比賽。相信大家都知道BMX是沒有後座也沒有擋泥板的，「慰慰」的車也不例外，所以我是採用站姿來繼續比賽。我就站在後輪輪軸邊那短短的螺絲頭上（當時還沒有那種專門套接在螺絲頭上用來載人的火箭筒）。時間是不等人的，所以「慰慰」腳下也不得閒，他卯足了勁，搖晃著車身，拚命加速……結果因爲這劇烈的搖晃，哥哥我腳一滑，雙腳脫離了螺絲頭，胯下與後輪硬碰硬地做了親密接觸……那是什麼感覺呢？喔！就像是吃了星爺的黯然銷魂飯一樣地令人銷魂……隔天，我發現喉結長出來了，說眞的，到現在我還在懷疑凸在本人脖子上的那粒，是不是原本該在胯下的？

＊亞當的故事＊

騎腳踏車是種很好的運動，
還能刺激喉結的生長喔！
復活節到了嗎？
怎麼會有蛋從天而降？
神愛世人

不良品之意外收穫

在我小的時候，有一種十分流行的戶外活動叫「健行」，所謂的「健行」，其實跟陪老婆逛街有點類似，當時不管男女老少、各行各業，大家都很熱中參與，盛況空前不輸現在的中秋夜烤肉活動或上流美大戰絲襪頭……

爲什麼當時健行會成爲全民運動？其實並不是這種活動會帶給人們多大的精神樂趣或肉體高潮，而是當你筋疲力盡走到終點時，或多或少會有些意外的收穫……像是蘆筍汁、毛巾、胸章、別針、養樂多帽或是青天白日小國旗等等，但隨著國民所得的提升與國民胃口變大，這些意外獎品不再有吸引力，投入這項運動的人口，漸漸減少了，目前就只剩下一些老人在從事。可是如果我告訴各位，B哥我最近正在積極參與這項快絕跡的老人運動，你震驚嗎？錯愕嗎？其實一開始我也是千百個不願意，要不是因爲前一陣子熬夜過度，再加上過量香菸咖啡導致心律不整，狀況欠佳，於是被B嫂強迫沒事得多多走動，否則我是不會再次踏上這條健行之路。

B嫂幫我選的這條健行路線位於我家後山，是一條登山步道，這步道說高不高，說陡不陡，但眞要走起來卻能讓人去掉半條老命。還記得第一天上山，我就虛脫地掛在半山上的涼亭下不來，喘……眞的很喘，喘完了接下來是軟，軟過了就癱了……反觀那些來來往往的早起老人，他們都用一種好像快要跌倒，但是卻又跌不倒的步伐，從容又不失莊嚴、緩慢又不失穩健地從我身邊經過（你看過被拖鞋打扁，但一個禮拜後都還沒斷氣的蟑螂拖著斷腿在悠遊散步的樣子嗎？），然後用一種不帶任何表情的眼神凝視我，卻彷彿在說：「年輕人，雖然在床上我輸你，可是在這裡，蝦郎甲我比，嘿嘿嘿。」接著他們會將泛黃的眼球收回，轉過頭，再用跟他們實際年齡不成正比的速度消失在我眼前。這眞的很神奇，我這麼形容或許你不能體會，但如果看過〈食神〉裡的夢遺大師，相信你就會了解那種神祕的移動。

當下，我許下了一個心願：「死老猴，我一定會比你更強！」從發願的那一刻起，我幾乎天天都去爬一趟。一個月下來，奇蹟出現，我發現我的心跳規律了，體力也漸漸變好了，做某些事情的持久性更佳，就連B嫂都常常用顫抖的聲音說她快樂得要上天堂！我……我因爲健行而返老還童嗎？這種始料未及的意外收穫就好像一個放牛班的小孩天天被老師罰拖地，結果多年後變成國畫大師，還常常有機會在裸女身上畫荷花，這是他跟老師當初想都想不到的事，算是一種意外收穫。這又好像一個從小就愛偷看女生尿尿的孩子，因爲經驗的累積，所以多年後當上了泌尿科主任，不但經常有機會做觸診，重要的是他的病人都是年輕的女性……這更是一種意外收穫。想像不到，眞是想像不到呀！原本只是單純想藉健行治病，最後卻換來一身青春的熱情健康，有這樣的意外收穫，任誰都想持續走下去。

健行除了有上述的收穫，在健行的途中我還發現許多有趣的事情，好比說這些登山健行的人在狹路交會時，彼此都會點頭互道：「你好！」不管識與不識，只要擦肩而過都會這麼問候。這種現象是好的，尤其在現代社會，人與人間充滿著疏離感與猜忌心，正需要這些熱情的招呼來軟化，話雖如此，但我也看過夫妻爲了這種事翻臉。

有天早上，有位在我們社區討人厭出了名的肥八婆在登山步道上問他老公：「你跟剛剛那個女的很熟嗎？」瘦乾老公：「阿就每天透早運動時都會碰到呀！」肥八婆：「你老實告訴我，到底是你先跟她好還是她先跟你好？」瘦乾老公：「阿哪有什麼隨先跟隨好啦！她也有跟很多人好過呀，我也是一樣跟很多人好呀，會來這邊的人都素這樣的啦，大家好來好去很平常說！」後來事情怎樣發展我不知道，我只是遠遠地看到，這個難得陪老公來爬山的八婆，用登山枴杖把老公猛K了一頓，然後就哭著狂奔下山。從那天起，我再也沒看過八婆出現在社區裡了，反倒是那兩位每天口頭上好來好去的中年男女，他們兩個居然眞的光明正大好了起來。我想，對這瘦乾的老公而言，這

＊勤練神功的後果＊

年輕人体力這麼差，
我看你跟著我練九九神功吧～
不～不要....會斷掉！

應該是健行帶給他人生最大的一項意外收穫吧！

還有另一種有趣的現象就是裝備，要知道一般晨起健行的人大多是一身輕便，水壺一個、棒子一根，再酷一點的就帶隻狗，沒養狗的就帶老婆，這樣算是標準配備。可是就有個傢伙全副武裝，登山鞋加羊毛襪、附鋁架的大背包還穿那種很多口袋的登山專用背心，感覺上似乎是專業人士來此熱身。有一次我忍不住問：「先生，你帶這些裝備待會兒是要去征服哪座山頭呀？雪山？七星山？」這位臉色蒼白的先生像中古偉士牌一樣氣喘吁吁地回答：「沒……就……就……就爬這座山呀，你看，我……我這些行頭看起來不錯吧！花了我不少錢，每……每次我只要一穿上它們，我就會變得很會爬，健步如飛…這是我意外發現到的……」有登山裝備加持灌頂就會健步如飛……這種說法如果行得通，敢問這位兄台在喘什麼？臉色爲何發白？腿又抖什麼抖？又如果這說法眞的合邏輯，那滿街裝了尾翼的喜美不就都會飛了？可是話說回來，如果這位老兄說的是眞的，那是否卸下這些專業登山裝備後，他其實根本就是寸步難行？如果眞是這樣，那當下讓我滾下山再被垃圾車輾過我也是會面帶微笑滴，因爲這種前所未有的見聞，已經可以算是我健行途中最大的意外收穫，小弟我了無遺憾。（後記：我現在仍每天健行，正積極且翔實地觀察步道上老人們撲朔迷離的不倒翁步伐，希望不久的將來能以這份全球唯一的調查報告回饋眾讀者。）

國家圖書館出版品預行編目資料

不良品／BO2圖／文.-- 初版--
臺北市：大塊文化，2004[民 93]
面：　公分.--(Catch : 70)

ISBN 986-7600-39-8 (平裝)

855

105 台北市南京東路四段25號11樓

廣　告　回　信
台灣北區郵政管理局登記證
北台字第10227號

大塊文化出版股份有限公司　收

地址：□□□ ＿＿＿＿＿市／縣＿＿＿＿＿鄉／鎮／市／區

＿＿＿＿＿路／街＿＿＿段＿＿＿巷＿＿＿弄＿＿＿號＿＿＿樓

姓名：

請沿虛線撕下後對折裝訂寄回，謝謝

大塊 LOCUS 文化

編號：CA 070　書名：不良品

大塊文化 LOCUS 讀者回函卡

謝謝您購買這本書，為了加強對您的服務，請您詳細填寫本卡各欄，寄回大塊出版 (免附回郵) 即可不定期收到本公司最新的出版資訊。

姓名：____________________ **身分證字號：**____________________

住址：____

聯絡電話：(O)____________________ (H)____________________

出生日期：______年______月______日 E-mail: ____________________

學歷：1.□高中及高中以下 2.□專科與大學 3.□研究所以上

職業：1.□學生 2.□資訊業 3.□工 4.□商 5.□服務業 6.□軍警公教 7.□自由業及專業 8.□其他________

從何處得知本書：1.□逛書店 2.□報紙廣告 3.□雜誌廣告 4.□新聞報導 5.□親友介紹 6.□公車廣告 7.□廣播節目8.□書訊 9.□廣告信函 10.□其他__________

您購買過我們那些系列的書：

1.□Touch系列 2.□Mark系列 3.□Smile系列 4.□Catch系列 5.□tomorrow系列 6.□幾米系列 7.□from系列 8.□to系列

閱讀嗜好：

1.□財經 2.□企管 3.□心理 4.□勵志 5.□社會人文 6.□自然科學 7.□傳記 8.□音樂藝術 9.□文學 10.□保健 11.□漫畫 12.□其他_____

對我們的建議：____________________________________

____

____

LOCUS

LOCUS

LOCUS

LOCUS